LA MARCHE NUPTIALE

DU MÊME AUTEUR

L'Homme qui avait deux têtes
Éditions de l'Olivier, 2000

Le Nez
Éditions de l'Olivier, 2002

PETITE BIBLIOTHÈQUE DE L'OLIVIER

Elena Lappin

LA MARCHE NUPTIALE

TRADUIT DE L'ANGLAIS
PAR AGNÈS DESARTHE

Éditions de l'Olivier

Titre original
Foreign Brides

ISBN 2-87929-332-4

L'édition originale de cet ouvrage est parue
chez Picador, Londres.

Pour mes parents

C'était comme si un rideau était tombé, dérobant à ma vue tout ce que j'avais toujours connu. Presque comme une renaissance.

JEAN RHYS,
Voyage dans les ténèbres

Noa et Noah

À première vue, lorsque Noa décida d'arrêter la viande cachère sans le dire à son mari Noah, ce fut sous l'effet d'une impulsion soudaine. Un après-midi, alors qu'elle rentrait du jardin public, elle passa devant la boucherie qui se trouvait près de chez elle, comme cela lui arrivait presque tous les jours. Elle avait longuement ruminé l'effort que lui coûtait le détour jusqu'à chez son boucher cachère, un homme agaçant, bavard, fouineur ; elle était épuisée d'avance à la pensée de tous les gens sur qui elle « tomberait » tout en « choisissant » ses sempiternels morceaux d'agneau, de poulet et de dinde (le bœuf avait disparu du menu). L'idée même suffisait à la rendre malade. Surtout que, juste là, au coin de la rue, se trouvait l'échoppe de JOE McELLIGOTT (comme l'annonçait gaiement l'enseigne en capitales rouges et blanches surplombant la marquise), un joli boucher aux joues roses et rasé de frais qui déployait dans sa vitrine un éventail de quartiers de cochon mort avec une fierté telle que Noa en venait presque à saliver. Que se passerait-il, pensa-t-elle, si j'entrais tout simplement dans sa boutique, en faisant semblant d'être *l'une des leurs*, pour demander deux cuisses de poulet et de l'émincé de dinde. La viande a l'air d'être la même, Noah ne verra jamais la différence. Et, s'il n'est pas au courant, il ne commet pas de péché. Moi oui, mais je m'en contrefous.

Non seulement Noah ne vit pas la différence, mais il se montra particulièrement satisfait de son dîner du vendredi soir. Il apprécia carrément le poulet et demanda à Noa si elle s'était finalement décidée à adopter la recette de sa belle-mère. C'était le plus grand compliment que Noah pût lui faire ; il considérait que la cuisine israélienne de Noa manquait de raffinement. Les constantes réprimandes qu'il lui adressait concernant ses talents culinaires l'avaient au début contrariée ; à l'entendre, elle n'était qu'une marmitonne aspirant à un poste d'épouse titulaire.

À présent, elle pensait simplement : que peut-on espérer de la part d'un agent de recouvrement ?

Lorsqu'ils s'étaient rencontrés en Israël, six ans plus tôt, Noah avait fait rire Noa en évoquant sans cesse la similarité de leurs prénoms. Il ne s'était pas laissé impressionner lorsque Noa lui avait fait remarquer la différence d'orthographe et le fait que leurs noms ne se prononçaient absolument pas de la même façon en hébreu. Son nom à lui se terminait par un « kh » dur et guttural, qu'il préférait ignorer ; dans sa chère langue maternelle, son doux anglais du nord de Londres, « Noah » se dissolvait dans une voyelle tendre et musicale, comme « Noa » d'ailleurs et c'est pourquoi – arguait-il – ils étaient faits l'un pour l'autre. La plaisanterie avait duré jusqu'au soir où ce garçon anglais aux cheveux roux – qui était en fait le cousin de la demi-sœur de Noa – l'avait invitée dans une boîte décadente de Tel-Aviv, et après avoir dansé avec elle dans un style largement influencé par l'alcool, avait insisté pour lui faire l'amour dans le *penthouse* désert de ses parents.

Noa fut intimidée par l'acier et le verre. Chez ses parents, à Ramat Gan, il n'y avait que des meubles vermoulus en bois foncé, recouverts de napperons poussiéreux et de housses en polyester qui sentaient la moisissure. L'onctuosité de Noah l'intrigua. Au lit, il parlait sans discontinuer, ce qu'elle trouva assez émoustillant ; ses amants israéliens n'articulaient rien d'intelligible pendant l'action hormis un occasionnel *ze tov* ? Elle ne comprenait pas la moitié de ce qu'il disait, mais chacune de ses paroles avait quelque chose de doux, de sexy et d'étrangement mystérieux.

Quelques mois plus tard, elle jouait le rôle de la vedette dans la vidéo de son mariage, sans se rappeler pourtant avoir signé le moindre contrat. Les parents du marié menaient la danse, il y avait comme une brise londonienne dans tout ça, les pauvres parents polonais de Noa disparaissaient presque sous le poids de l'acier, du verre, de l'or et des diamants. C'était le gothique Finchley contre le style Ramat Gan post-Holocauste. Des masses de jambes pâles aux veines apparentes et perlées de sueur juchées sur des talons aiguilles, contre des pieds desséchés et rôtis par le soleil, à l'aise dans de grosses sandales de cuir. Les amis de Noa ne comprenaient pas ce qu'il lui arrivait, et elle aurait été incapable de le leur expliquer – mais c'était bon.

D'accord, elle renonçait à sa vie en toute conscience, en épousant un comptable à kippa qui l'emmènerait vivre à Londres. Et alors ? Elle avait vingt ans et, avec lui, elle avait l'impression d'être enfin une adulte. Qui plus est, il ne gardait pas sa kippa au lit.

Les deux premières années furent presque un succès. L'anglais de Noa était si rudimentaire qu'elle continuait à être séduite par son Noah qu'elle voyait comme un jeune et sémillant homme d'affaires. Leur maison d'East Finchley, une propriété de famille, semblait un véritable palais à Noa – bien qu'elle ne s'y sentît pas tout à fait à l'aise à cause de la décoration, une réplique presque exacte de l'appartement de Tel-Aviv. À la grande surprise de Noah, sa toute nouvelle femme passait plus de temps dans la salle de bains que dans n'importe quelle autre pièce ; là, elle pouvait fermer les yeux dans l'eau bleu-vert de la baignoire et s'imaginer qu'elle était sur la plage de Tel-Aviv. Elle était comme une sirène prise au piège, partie en rêve retrouver son habitat naturel.

Un jour, elle remarqua que son anglais avait progressé de façon si spectaculaire qu'elle pouvait se lancer dans de véritables joutes verbales avec Gerda, sa belle-mère ; et, bien qu'elle ne fût pas encore capable de les remporter, elle ne les perdait pas non plus. Mieux encore, l'oreille de Noa se mit soudain à distinguer certains petits défauts de prononciation chez la mère de Noah ; malgré tous ses efforts, Gerda avait conservé la trace des voyelles de l'East End dans son nouveau débit dûment saccadé, disgrâce semblable à la racine sombre de ses cheveux qui apparaissait sous la teinture blonde. Noa, qui avait désiré du fond du cœur se sentir proche de sa famille d'adoption, était stupéfaite par tant d'artifice superflu, et repensait avec émotion à l'atmosphère rafraîchissante de chaleur et d'humilité qui régnait chez ses parents.

Lorsqu'elle comprit enfin que Noah n'était qu'un employé dans l'affaire de son père, un agent de recouvrement *débutant*, et que le rêve de sa vie consistait à devenir un jour le patron de ce petit bureau de Finchley, et, par la même occasion, collecteur de dettes *confirmé*, Noa portait déjà l'enfant de Noah. À cette époque, elle était également parvenue à déchiffrer et à démystifier les marmonnements sexuels de son mari, lesquels ne manquaient jamais d'accompagner leurs ébats : les mots Arsenal et Tottenham revenaient souvent, ainsi que les adjectifs manquant singulièrement de piquant qui caractérisaient certains joueurs, sans oublier les critiques plaintives concernant la technique de ces derniers. Lorsqu'elle fut pour la première fois confrontée à cette évidence consternante, Noa demanda simplement à Noah pourquoi il devait forcément penser et parler football au lit. Il avait répondu, sans une once de gêne, qu'il pensait au football jour et nuit, et que le fait d'exprimer ses pensées tout haut en faisant l'amour l'aidait à retarder la jouissance. Noa fut si décontenancée qu'elle en oublia de lui demander quelle équipe il supportait – bien qu'elle eût une forte présomption pour Tottenham.

Et Noa, à quoi pensait-elle donc au lit ? Au début de leur relation, pratiquement à rien. Elle essayait lentement de faire connaissance avec Noah, dont elle avait accepté le mode de vie si aveuglément, sans se soucier du fait qu'il était pour elle un parfait étranger. Elle faisait donc ce qu'elle avait fait depuis le jour de leur rencontre : elle l'observait, examinait la moindre de ses attitudes, écoutait chacun de ses mots. Tant que Noah demeura une énigme, il conserva le prestige nécessaire à remplir chaque minute ennuyeuse de la vie pleine d'ennui de son épouse. Il était en sécurité. Mais du jour où elle découvrit le code, c'en fut fini de lui, sans même qu'il s'en rendît compte.

« Noah », dit-elle un soir après avoir couché leur fils. Ils étaient affalés devant la télé, sans rien regarder de précis. « Qu'est-ce qu'on fait au juste quand on est agent de recouvrement ? »

L'homme qui était son mari depuis cinq ans leva les yeux de la page des sports du journal du soir et dévisagea Noa. Elle répéta la question. « On… on fait en sorte que les gens paient leurs dettes », dit-il lentement en lui adressant un regard dur qu'elle lui connaissait bien. Il signifiait : Ferme-la et fiche-moi la paix. Pas cette fois ; Noa était lancée. « Mais de quelle manière ? Est-ce que vous êtes une sorte de police parallèle ? »

Noah soupira. « Bien sûr que non. Nous nous contentons d'envoyer des courriers dans lesquels nous expliquons aux gens ce qui leur arrivera s'ils ne paient pas. » Il mourait d'envie de se replonger dans son journal. L'humeur inquisitrice de Noa commençait à l'énerver. De plus elle manifestait son ignorance concernant des choses que tout le monde savait et que personne ne remettait en question. Dieu merci, les parents de Noah n'étaient pas là pour entendre le babillage de leur bru.

« Alors vous êtes quoi en fait ? » La question de Noa le fit sursauter. « Un genre de mafia ? »

Les yeux de Noah se plissèrent très légèrement et il dit, d'une voix plus forte que d'habitude : « Non. Bien sûr que non. Mais nous sommes légalement autorisés à envoyer des huissiers et à engager des poursuites judiciaires si le client refuse de coopérer. »

Noah avait du sang-froid. Il savait garder son calme. Même sous la pire pression. Il était capable d'adopter un ton menaçant et détaché à la fois. Peut-être était-ce une déformation professionnelle due à son étrange métier. Mais Noa sentait un parfum de défaite dans l'air ; une défaite qui ne serait pas la sienne. « Ecoute, Noah, insista-t-elle, accentuant la terminaison en "kh" qui, elle le savait, agaçait fort son époux, je ne pige toujours pas. Comment faites-vous pour obliger les gens à payer leurs dettes ? Et pourquoi le faites-vous ? Par méchanceté ? Je crois que vous êtes mauvais. Toi et ton père. Mais tu es pire que lui. »

Noah examina le visage de sa femme, à la recherche d'un sourire, d'un signe indiquant qu'elle plaisantait. À chaque fois que Noa disait quelque chose de bizarre, ce qui arrivait assez souvent, il lui trouvait des excuses en mettant ça sur le compte de son sens, typiquement israélien, c'est-à-dire sous-développé, de l'humour. Comme pour la cuisine, l'idée de ce qui, selon Noa, constituait une remarque appropriée, penchait fréquemment du côté de la maladresse provinciale. Noah était fatigué. Il détestait son métier. Il détestait la vie qu'il s'était obligé à mener. Et il commençait à détester sa femme, qui était à la fois sublime, étrange et dérangée.

« Si tu essaies d'être drôle, laisse tomber. Tu n'as rien

à dire, comme d'habitude. Et tu ne peux pas m'atteindre. Je vais me coucher. »

Noa visait bien. Elle avait été sélectionnée dans le corps des tireurs d'élite à l'armée. La télécommande qu'elle envoya dans les airs frappa Noah entre les omoplates. Il se retourna, écumant de rage. Le chandelier arménien l'atteignit à l'entrejambe. Il se plia en deux, suffoquant entre deux jurons. « Salope. Putain de salope. Va te faire foutre. »

Noa se laissa glisser du canapé et approcha une main hésitante de la crinière rousse de Noah. Il essaya de lui mordre le bras, mais elle lui tendit sa bouche à la place. Pour la première fois, Noah oublia de réciter son mantra footballistique.

Plus tard, après qu'il se fut endormi, Noa se rendit dans la salle de bains pour pleurer. Je pensais vraiment ce que j'ai dit, songea-t-elle. Chaque mot que j'ai prononcé, et je voulais vraiment lui faire mal. Je veux qu'il redevienne l'inconnu avec qui j'ai baisé. Mais cette fois, c'est moi qui aurai le contrôle. Tu me dois quelque chose, mon petit agent de recouvrement, chuchota-t-elle presque tendrement, en retournant au lit. L'heure du remboursement a sonné.

Après cette nuit, leur existence routinière revint à la normale, apparemment inchangée. La vie de Noah reprit sa course en orbite autour du bureau de son père, du football et des réunions familiales dont le rituel était dûment respecté au cours des week-ends et des vacances. Parfois il éprouvait un désir violent pour le corps de Noa, tout en restant indifférent à ses pensées. Noa s'en fichait éperdument. Elle avait un plan. Vêtir leur fils presque exclusivement en rouge et blanc (les couleurs d'Arsenal) n'était qu'un hors d'œuvre.

Tout commença avec cette visite à la boucherie de Joe McElligott et le premier achat qu'elle y fit : un poulet bien évidemment *treyf.* Elle avait prévu de ne faire qu'un passage éclair dans le magasin, afin d'éviter d'y être aperçue par des amis ou des connaissances de la famille de Noah. Mais elle y fut retenue par deux éléments qui attirèrent son regard, presque simultanément : les biceps puissants se dessinant joliment sous le tee-shirt blanc et légèrement taché de sang de Joe McElligott, et l'affichette collée sur la caisse enregistreuse qui annonçait LIVRAISON GRATUITE. Le boucher lui sourit et fit une remarque flatteuse sur son adorable accent français. Elle sourit en retour, sans le détromper, et prit mentalement note de la liste de prix affichée au mur. Elle économiserait beaucoup d'argent en achetant *treyf.* « Oui, m'dame, je fais les livraisons moi-même en ce moment. C'est gratuit. Appelez quand vous voulez. » Ses joues rondes lui rappelaient le petit *tusik* rebondi de son fils… Elle prit la carte qu'il lui tendait et hocha la tête. Joe McBidule, pensa-t-elle, en sortant de la boutique, les mains serrées sur les poignées de la poussette, tu sais quoi ? La petite Française a envie de ta viande.

Le téléphone sonna à l'instant où elle déverrouillait la porte. « Noale, dit sa mère d'une voix douce, comme si elle s'était trouvée dans la même pièce. Je ne sais plus quoi faire. Ton père… – Quoi ! Qu'est-ce qui lui est arrivé ? » s'écria Noa. Le système de châtiment s'appliquait-il si vite ? Elle n'avait encore rien fait ; ce n'était qu'une idée ! « Rien. Il ne lui est rien arrivé à lui. C'est à moi que c'est arrivé. Il voit une autre femme, voilà ce qu'il y a. » Noa resta interdite. Ça n'avait aucun sens. Ses parents avaient la soixantaine largement passée, et tout chez eux était aussi prévisible que les motifs de ses rideaux de dentelle. Ils étaient l'un comme l'autre des survivants, nés dans la même petite ville de Pologne. Ils se connaissaient depuis l'enfance. À présent, ils étaient vieux et ridés, leur santé était précaire. Ils avaient eu une existence effroyablement difficile, et leurs corps éreintés en témoignaient clairement. Ils ne pouvaient en aucun cas ressentir le moindre désir pour d'autres personnes, et surtout pas charnel !

« Je ne sais pas quoi faire, Noale. Tu connais la plage où nous allons en voiture tous les jours ? » Les parents de Noa appartenaient au contingent quotidien de vieux irréductibles qui se rendaient chaque matin sur la plage de Tel-Aviv pour faire de l'exercice. Noa les avaient observés plusieurs fois. Leur peau fine comme du parchemin était parcourue d'une imperceptible ondulation tandis qu'ils entraient ou sortaient des vagues froides d'un pas martial ou effectuaient des mouvements de callisthénique démodés sur le sable. « Tu te souviens de la dame russe avec qui nous avons lié connaissance ? Celle qui portait des marques parce que son mari la battait ? Cette *shikse* ! Je l'ai invitée dans ma propre maison, et je lui ai donné ma vieille vaisselle et une table de cuisine ! Ma vaisselle à moi ! Rappelle-moi, c'est trop cher. » Noa rappela et écouta sa mère sangloter sur le réseau international. D'abord doucement, comme une petite fille qui a perdu son jouet préféré, puis de plus en plus fort, jusqu'à ce que ses gémissements se changent en une sirène à vous crever le tympan, ou en lamentation d'une mère qui a perdu son enfant. « Tu as besoin de moi ? Veux-tu que je vienne ? demanda gentiment Noa. – Je ne sais pas encore. Il faut que je réfléchisse. Embrasse le bébé pour moi. Appelle-moi la semaine prochaine. » Elle n'est pas détruite, pensa Noa ébahie. Elle veut le récupérer !

Sans vraiment savoir pourquoi, elle décida de ne pas en parler à Noah. La perspective de devoir entendre les plaisanteries débiles qu'il ferait sur son père, le Don Juan des maisons de retraite, n'y était pas pour rien. Alors qu'elle retirait du papier d'emballage le poulet légèrement humide, dont les cuisses juteuses s'ouvrirent immédiatement, une image insoutenable de son père à cheval sur une Russe hirsute et dodue lui traversa l'esprit. Elle ne pouvait se représenter son pénis que sous la forme d'une seringue d'insémination, pas comme un instrument de plaisir. À bien y réfléchir, elle était incapable de se le représenter tout court. Elle tartina la peau du poulet froid d'une marinade épicée, afin de masquer son identité réelle, et le glissa dans le four. Ne me trahis pas, dit-elle à l'oiseau mort. Conduis-toi en bon poulet cachère.

Les parents de Noah passèrent chez leur fils le lendemain en sortant de la *shul*. Gerda, intriguée par le concert de louanges qu'il déversait concernant le poulet de la veille, insista pour goûter les restes. Noa, quoiqu'un peu soucieuse, ne put résister. Gerda goûta, avala, approuva. Avec un léger soupçon de jalousie, elle demanda à sa rustre de belle-fille de lui donner sa recette. Allez chez Joe McElligott, dans la grand-rue, eut envie de lui répondre Noa. Il vous inspirera.

Après ça, ce fut du tout cuit. Elle appelait Joe pour lui dicter sa commande, et il la livrait. Au début, seulement une fois par semaine. « Merci. – Pas de quoi, m'dame. Vous en avez un joli bambin. » Il était très calé en cuisine, si bien qu'ils se mirent assez vite à échanger des recettes. Elle découvrit que Noah adorait les plats qu'elle lui préparait en suivant les instructions de Joe. Il régnait un genre de paix nouveau dans leur ménage. Ils formaient une famille aussi dysfonctionnelle qu'heureuse. Exactement comme tous les gens de leur entourage.

Les biceps de Joe, cependant, continuaient à l'intriguer. Parfois elle l'observait, à la dérobée, par la vitrine de la boutique, tandis qu'il découpait en quartiers d'énormes masses sanguinolentes de cadavres d'animaux, son bras droit musculeux comme un prolongement de son corps puissant. De retour à la maison, lorsqu'elle plongea les mains dans la viande crue qu'elle venait de lui acheter, elle sentit une vague de désir pour son nouveau boucher monter en elle. Un jour, elle traîna un peu plus longtemps que d'habitude devant la vitrine, jusqu'à ce qu'il lève les yeux et la voie. Ils se fixèrent un bref instant, sans le moindre sourire. Deux heures plus tard, il lui apporta sa commande, avec quatre jours d'avance. Elle flanqua la viande par terre dans la cuisine et le conduisit directement à sa chambre. Plus tard, Joe tenta de la remercier dans un français basique. Noa ricana et lui dit la vérité.

Joe se redressa dans le lit conjugal, qui semblait soudain avoir rétréci de moitié. « Ah ! C'est donc pour ça que tu ne prends jamais de porc. Je me demandais. » Il donna à Noa une sublime recette de dinde rôtie et lui promit de lui apporter une casquette d'Arsenal pour son petit garçon. La fois prochaine.

Noah se délecta de la dinde et ne parvint pas à détecter l'odeur d'un autre homme dans son lit. Il ne manqua pas, toutefois, de s'indigner lorsque la casquette apparut sur la tête de son fils. « Noa, Noa. Tu ne sais donc pas que nous supportons les Spurs ? Débarrasse-toi de ce truc. » Mais le bébé hurla lorsque son père essaya de la lui retirer, si bien que le couvre-chef fut accepté, suivi, peu de temps après, par un tee-shirt et une veste aux couleurs d'Arsenal. Joe était un vrai fan.

Noa aimait ce qui se passait à chaque fois que Joe venait frapper à sa porte. Ça ne durait jamais longtemps – forcément –, mais c'était parfait. Ils mentaient au monde entier mais pas l'un à l'autre. Ils étaient comme deux étrangers dans le civil, mais pas au lit. L'inverse radical de la vie qu'elle menait avec Noah. Elle allait même jusqu'à adorer le travail de Joe ; elle l'appelait son boucher du paradis.

Elle s'attendait à recevoir un coup de fil de sa mère, mais elle ne s'était pas préparée à ça : sa mère voulait venir à Londres et rester chez sa fille jusqu'à ce que son mari retrouve ses esprits. Combien de temps ? Une semaine, un mois, un an – aussi longtemps qu'il le faudra. « Je vais lui montrer, Noale. S'il la veut, grand bien lui fasse, mais il ne m'aura pas en même temps. Je veux vivre moi aussi. Comme toi. Embrasse le bébé de ma part. À vendredi. Je voudrais déjà y être. »

L'appel de Gerda, quelques minutes plus tard, lui donna la chair de poule. « Noa, aurais-tu changé de boucher ? M. Meyerson m'a demandé après toi. Il a dit qu'il ne t'avait pas vue depuis des siècles ! Où prends-tu ta viande ? Pas chez Shmulik, j'espère. C'est un vrai *ganef.* Tu aurais dû me demander avant de prendre une décision ! »

Noa mentit, avec une habileté consommée. Non, Gerda. Pas chez Shmulik. Puis elle changea de sujet, tout aussi habilement, en enchaînant sur la visite de sa mère. « Ce vendredi. C'est que… c'est à cause de mon père. Il l'a trompée. Incroyable, non ? »

Gerda éprouva quelque difficulté à contenir l'excitation que trahissait sa voix. Juteux à souhait. Elle n'aurait jamais cru que le vieux Weinstock fût capable d'une chose pareille. Elle offrit quelques conseils avisés et proposa de venir garder le bébé pendant que Noa se rendrait à Heathrow pour aller chercher sa mère. Noa la remercia et accepta.

C'est ainsi que Joe vint frapper à la porte de Noa, sa commande sur les bras (agrémentée cette fois de quelques côtes de porc pour initier sa cliente préférée à un nouveau délice), et se retrouva nez à nez avec Gerda. Elle lui jeta un regard sévère et lui demanda qui il était. « McElligott le boucher, m'dame », dit Joe, un peu surpris mais toujours souriant – et pourquoi pas ? Pour ce qu'il en savait, leur liaison était secrète et il n'avait pas la moindre idée de la nature subversive du complot anticachère mené par Noa. Il laissa le paquet aux bons soins de Gerda, légèrement étonné par l'absence de Noa, mais pas trop contrarié.

Gerda porta la viande à la cuisine, se déplaçant très lentement, comme un animal étourdi par un coup inattendu. Avait-elle bien entendu ? *McMachin* ? Un boucher *goy* ? C'était impossible. Elle ouvrit le paquet et lâcha un cri primal. C'était forcément une erreur. Mais le nom de Noa et son adresse étaient inscrits sur une fiche agrafée au papier d'emballage. Cette parvenue israélienne donnait à son fils du *treyf* à tous les repas. Elle avait toujours senti que cette fille avait quelque chose de bizarre. Il n'y avait qu'à voir son père ! Et son pauvre petit garçon ! Soudain, Gerda se rappela le goût exquis du poulet cuisiné par Noa. Elle frissonna. Elle eut envie de hurler à nouveau, et d'appeler Noah, mais, au lieu de ça, elle pleura, pleura, jusqu'à s'endormir, épuisée, sur le canapé du salon.

En revenant de l'aéroport, Noa écouta les histoires que sa mère avait à lui raconter concernant « cet homme » et « cette femme ». Mais, quoi qu'il arrive, c'est toujours mon père, pensa-t-elle, comment le lui dire ? On dirait même que j'ai beaucoup plus de choses en commun avec lui que je ne l'aurais cru. Tout à coup, elle vit le doux visage de son père, se souvint de son sourire timide et de ses yeux tendres, de ses gestes lents et maladroits lorsqu'il essayait de la serrer dans ses bras. Qu'y pouvait-on si son corps, qui avait à peine la force de rester debout, possédait une vie à part entière ? Tout était si affreusement compliqué... « Oh, j'aime tellement cette petite pluie anglaise, Noale. Je vais rester quelque temps. Les tourtereaux n'ont qu'à cuire sous la canicule. »

Lorsqu'elles arrivèrent, Noah était déjà sur place, convoqué par sa mère. Gerda, sans porter la moindre attention à la mère de Noa, attrapa cette dernière par le bras et la conduisit dans la cuisine. « Ça ! siffla-t-elle, en désignant la viande avec un mélange d'outrage moral et de dégoût physique, c'est ça que tu nous as donné à manger ! Qui es-tu, le diable ? »

Noa s'attendait vaguement à une explosion de ce genre, mais pas si tôt. Pas aujourd'hui, pas comme ça. Gerda n'était pas censée prendre l'avantage. Elle jeta un coup d'œil dans le salon. Le visage de Noah était livide, encore plus blanc que d'habitude. Il était muet. La mère de Noa n'y comprenait rien. Elle n'avait pas la moindre idée de ce qui se passait, mais elle nota l'impolitesse de Gerda et sa violence à peine contenue. Elle remarqua aussi l'air de défi dans l'expression de sa fille.

Se rendant compte que cette scène risquait assez rapidement de tourner au carnage, Noa retrouva son courage aussi vite qu'elle l'avait perdu. Vivifiée par des mois de câlins avec Joe, elle sentit qu'elle était prête à affronter l'ennemi plutôt que de se vautrer dans une douleur secrète. Elle laisserait à ces personnages pathétiques, avec leurs terrasses immondes et leurs accents bidons, le soin de collecter les dettes ; de son côté, elle avait mieux à faire, décida-t-elle.

« Je comptais t'en parler, dit-elle sans la moindre trace d'hystérie, en regardant Noah droit dans les yeux, il est hors de question que je reste. Pas si je dois vivre comme ça. Comme tes parents. Tu es un *efes*... et... et ton équipe de foot est nase. »

Gerda bondit et proposa d'aller immédiatement jeter la viande, mais son fils l'arrêta et demanda aux deux mamans d'aller voir ailleurs. Lorsqu'ils furent seuls, Noah se laissa tomber sur le canapé et éclata de rire : « Noa. Viens ici. Bécasse. Je ne mange jamais cachère quand je ne suis pas à la maison. Je m'en contrefous. Je fais ça pour eux, mais je n'en ai vraiment rien à faire. Tu ne savais pas ? Vraiment, sincèrement. Si ça ne tient qu'à moi, tu peux acheter n'importe quelle viande. Qu'est-ce qu'on mange ce soir ? » Il s'approcha d'elle pour l'enlacer, mais fut interrompu par un coup frappé à la porte ; Joe était revenu, espérant trouver Noa seule cette fois. Au lieu de ça, elle était avec son époux pâle et pantelant. Noa fit un pas vers Joe, mais elle fut précédée par son fils. Il courut vers le boucher, agitant ses petits bras en criant « Ah-senal ! Ah-senal ! »

Certaines dettes ne valent pas d'être collectées, pensa Noah, en remarquant le regard désenchanté que Joe lançait à son épouse. « Attendez ! » dit-il tranquillement alors que Joe se préparait à partir. Il disparut dans la cuisine et en sortit aussitôt, le paquet de viande à la main. « Reprenez ça, s'il vous plaît. Ma femme et moi-même allons devenir végétariens. À compter de ce soir. »

« Et c'est moi qui cuisine, ajouta-t-il lorsqu'ils se retrouvèrent seuls. Que dirais-tu d'un plat de pâtes ? »

Noa hocha la tête. Elle n'aurait su dire qui l'avait emporté cette fois-ci, et elle s'en fichait. C'était terminé, et ça faisait du bien. Elle décida d'acheter au petit Gili une casquette aux couleurs de Tottenham.

Le Train noir

Ce n'est pas facile à dire, mais si ma mère ne s'était pas chié dessus ce soir du nouvel an, dans un état d'ébriété avancé, au vu et au su d'une large assemblée réunie à l'occasion d'une fête mélancolique marquant la fin de l'année 1968, nous n'aurions jamais quitté Prague. Tandis que la plupart des familles de mes amis faisaient leurs bagages pour quitter le pays, ou, le plus souvent disparaissaient sans emporter trop de valises, de peur d'attirer des soupçons indésirables, mes parents refusaient de bouger, Russes ou pas Russes. Jusqu'à cette nuit de fête, où l'insupportable gêne de se retrouver soudain assise dans la petite mare brune de ses propres excréments obligea ma mère, ainsi que mon père et moi-même à sa suite, à quitter Prague par le premier train pour Vienne le lendemain matin, sans espoir de retour. Nos allégations, peu convaincantes il est vrai, consistant à plaider qu'elle s'était endormie et que ce n'était donc pas sa faute, ne firent aucune différence :

perdre le contrôle de son propre corps était, à ses yeux, la pire faiblesse au monde. Personne n'oublierait jamais ce qu'elle avait fait ; elle était forcée d'émigrer.

Elle n'avait pas tort, comme dirait le Dr Poussard. Ma mère était une grande actrice, très aimée et respectée. Adolescente, elle avait fait ses débuts comme réplique de la fameuse ingénue rayonnante du cinéma hollywoodien, au service de films réalistes socialistes mettant en scène des gens mal habillés dans des champs crépusculaires, des usines peuplées d'ombres et des salles de maternité lugubres. Peu à peu, elle avait mûri, obtenant des premiers rôles dans les théâtres de la capitale et sur les écrans de la nouvelles vague naissante du cinéma tchèque. J'étais fière d'elle. Elle nous laissait peu de place à mon père et à moi, mais nous le prenions bien. Enfin presque.

Mes parents s'étaient rencontrés, sans beaucoup de romantisme, sur le décor d'un de ces films ternes voués à la propagande ; ma très jeune mère tentait d'écraser par son éclat le reste de la distribution, dont faisait partie mon père, lequel incarnait un poète patriotique doublé d'un mineur boucané. Le plus amusant dans cette histoire est que mon père, en réalité, avait été les deux avant d'entamer sa carrière d'acteur. Et ses cheveux étaient, à cette époque, littéralement noir charbon – comme les miens jusqu'à il y a environ dix ans. Après qu'il eut épousé ma mère, il continua à jouer des rôles certes secondaires mais solides ; cependant, techniquement parlant, sa principale fonction dans la vie consistait à établir une barrière entre l'excitabilité aiguë de ma mère et mes réactions apathiques à toute cette surstimulation. Il agissait comme un thermostat sensible, mis en place pour réguler la température de notre cellule familiale qui, bien que réduite, était intense. Pas étonnant, dans ces conditions, qu'il se soit effondré peu de temps après notre départ. C'est l'interprétation du Dr Poussard, pas la mienne. Bien que je l'aie aidé à la mettre au point en me rappelant que mon père avait beaucoup pleuré dans ce train pour Vienne, et que, lorsqu'il avait enfin cessé, il avait écrit un très long poème dont le premier vers était : « Nous pourrions aussi bien être morts. »

Le poème s'intitule *Černý vlak* (*Le Train noir*), et je l'ai encouragé à le faire publier dans un magazine d'exilés tchèques à Toronto. Je suis vraiment contente de l'avoir fait, parce qu'il a bénéficié, ainsi, d'une sorte de célébrité, durant un temps, parmi les expatriés tchèques au Canada. Il n'a survécu qu'à deux de nos hivers d'Ottawa, mais grâce au *Train noir*, la tristesse qui le poursuivit jusqu'à la tombe fut plutôt douce qu'amère. Là, c'est *ma* vision des choses, pas celle du Dr Poussard.

J'avais presque quinze ans lorsque nous quittâmes Prague. Intellectuellement très précoce, mais physiquement… En bref, j'en étais toujours à attendre de voir pousser mes seins. Ce n'était pas le cas de ma meilleure amie, Olina. Non contente d'avoir atteint un développement total avant ses quatorze ans, elle s'était livrée à plusieurs tentatives joyeuses visant à perdre sa virginité. Olina vivait en dessous de chez nous, dans un immense appartement avec ses parents, deux grands-mères et presque pas de meubles. Elle était enfant unique, comme moi, mais, à l'inverse de ce que j'avais connu, elle avait grandi dans un cocon protégé n'abritant que des personnes d'humeur égale dans une douce atmosphère d'apathie. Elle était également différente de moi en ce qu'elle prenait pour modèle l'ambition ravageuse de ma mère, et sa façon d'être alternativement régalienne ou revêche, alors que je rêvais secrètement de ressembler à la mère d'Olina, robuste et tendre, qui vous serrait si fort quand elle vous embrassait et exhalait le parfum sucré des sablés de Noël. Finalement, Olina demeura à Prague et devint une star de cinéma. Ses parents déménagèrent tranquillement tous nos meubles anciens et nos tableaux dans leur appartement après notre départ. Ils nous envoyèrent presque tous nos livres et nos albums de photos, mais mes parents ne leur pardonnèrent jamais d'avoir hérité du contenu intime de notre foyer praguois. Cela ne nous empêcha pas, Olina et moi, de rester en contact, bien que je n'eusse pas grand-chose à raconter, sombrant de plus en plus profondément dans l'univers quelconque de la banlieue américaine.

La soirée de nouvel an avait eu lieu dans notre appartement. La plupart des invités étaient des acteurs, des écrivains, des chanteurs, des artistes et des réalisateurs. La cour de ma mère. Olina aussi était présente, parce que ses parents étaient toujours invités aux réceptions que nous donnions depuis notre enfance. Non parce qu'ils étaient de grands amis, mais parce que mes parents aimaient l'idée d'être de bons voisins. Les parents d'Olina ne recevaient jamais.

Le Dr Poussard met souvent l'accent sur le fait qu'Olina fut la première à remarquer l'odeur et à informer ses parents que ma mère s'était endormie dans une mare de merde liquide. Olina avait une voix charmante qui sonnait clair. Elle l'a toujours.

Mais ce ne fut pas le son de sa voix qui réveilla ma mère, plutôt le silence soudain dans la pièce bondée, qui grandit et s'étala comme une goutte d'encre sur un mouchoir en papier. Lorsqu'elle comprit sa situation, elle mourut en quelque sorte. Pas ouvertement – sa conduite fut aussi imposante et délicieusement mondaine que d'habitude, elle parvint même à se lancer dans un numéro d'autodérision assez réussi. Mais lorsque nous quittâmes la ville, elle emporta avec elle à Vienne et plus tard au Canada ce silence, et l'érigea comme un mur invisible que son regard ne franchit jamais.

Comparativement, notre émigration se passa plutôt bien, malgré le caractère improvisé de l'affaire. Je ne me souviens pas pourquoi, ni comment, nous échouâmes dans la banlieue glacée-gelée d'Ottawa, toutefois cela semblait une punition adéquate pour deux personnes – mes parents – qui ne voulaient conserver aucune trace de la vie qu'ils avaient laissée derrière eux. Oui, c'était une sorte de suicide, et je n'ai pas besoin des lumières du Dr Poussard pour m'en rendre compte.

Sortant d'une période que, même à présent, je continuerais de décrire comme marquée par un confort matériel et spirituel inégalé, nous étions soudain pauvres, dans tous les sens du terme. Nous savions que, le temps passant, notre langue maternelle se fossiliserait, et que notre anglais, acquis dans la douleur, ferait toujours l'effet de flocons de neige sur une peau glacée.

La dépression de mon père s'installa dès que nous prîmes place dans le train pour Vienne, mais elle ne devint vraiment manifeste qu'à notre arrivée à Ottawa. Notre première demeure là-bas, au dixième étage d'un grand immeuble de briques rouges, était un petit appartement agrémenté d'une vue pittoresque sur le canal Rideau. Nous fûmes charmés par l'impression trompeuse de fraîcheur qui régnait dans cette ville d'une blancheur idyllique, avec ses habitants aux joues rouges, au sourire permanent, qui patinaient sans souci sur le canal gelé. Nous fûmes aussi enchantés par la chaleur et le confort particulier qui régnaient à l'intérieur du moindre espace couvert. Mais, au bout d'un an, nous prîmes conscience que l'endroit dans lequel nous avions débarqué n'était pas un simple parc d'attractions à l'étranger. C'était un vrai pays, et nous étions censés le considérer comme nôtre, ce dont nous étions incapables.

Tandis que les autres exilés tchèques que nous connaissions s'intégraient rapidement dans l'une ou l'autre sphère de la vie canadienne, mon père passait ses journées à la maison à écrire de longs poèmes. Lorsque les mots tarissaient, il sanglotait, le visage enfoui dans l'énorme volume du Thesaurus tchèque.

Inutile de le préciser, ma mère n'exerça plus jamais son métier de comédienne. Elle trouva un emploi comme professeur de tchèque pour les diplomates canadiens ; chaque année, une poignée de candidats avaient besoin de se préparer pour leur futur poste à Prague. Ma mère s'avéra douée pour l'enseignement, et, du coup, très demandée. Son salaire de temps partiel constituait notre seul revenu. Ça m'était égal, car ma principale activité durant les deux ou trois premières années de notre nouvelle vie se résumait à regarder les feuilletons télé, dans le confort paradoxal de notre hibernation librement consentie.

Voilà, c'est à peu près tout ce qu'il me semble devoir dire pour expliquer qui je suis. Le reste est insignifiant et ordinaire. Même le Dr Poussard serait d'accord avec moi. Tous les émigrés ont la même histoire à raconter : il y a cette petite mort lorsqu'ils quittent leur patrie, puis cette euphorie fugitive lorsqu'ils s'imaginent avoir trouvé une chance inespérée de réécrire leur existence dans une société libre, et, enfin, la tristesse qui ne les quittera plus dès l'instant où ils comprennent qu'ils ont choisi de se couper irrémédiablement de leurs racines. Ils ont beau rencontrer le succès et mener une vie plutôt passionnante, ils se considèreront toujours comme des citoyens de seconde zone, où qu'ils aillent. Et le grand vide en eux ne sera jamais, jamais comblé.

C'est donc ce qui m'est arrivé. Lorsque je me suis retrouvée seule avec ma mère, j'ai finalement été obligée de ramper hors de mon refuge pour aller dans le monde. Heureusement, j'étais devenue une jeune femme très séduisante au moment où j'étais justement prête à me considérer comme une femme, et, si vous ne connaissiez pas mon histoire, vous pourriez me prendre pour une jeune Canadienne insouciante. Je ne faisais rien d'anormal : j'étudiais la littérature anglaise à l'université d'Ottawa, voyageais à travers l'Europe et les États-Unis, et ne savais pas trop quoi faire de ma vie au bout du compte. Lorsque j'ai rencontré Jimmy D'Angelo, originaire de Valhalla dans l'État de New York, j'ai tout de suite eu envie de fonder un foyer avec lui.

Jimmy était le jeune homme le plus incroyablement beau que j'avais eu l'occasion de croiser dans la vraie vie. Il aurait pu prendre d'assaut Hollywood, mais il avait choisi de devenir plombier dans l'entreprise de son père. Je l'aimais parce qu'il se fichait de mon passé, ne pouvait pas lire la poésie de mon père, ne voyait pas ma mère comme une *grande dame* tragique du cinéma et de la scène tchèques, mais comme une adorable femme mûre légèrement difficile, avec des caprices agaçants et un accent rigolo. Pas si différente finalement de sa propre mère et de sa grand-mère (toutes deux prénommées Lucia).

Je l'aimais aussi parce que ses ancêtres étaient tous des tailleurs de pierre bourrus, venus de Toscane pour construire le barrage de Valhalla. À présent, l'intégralité de son clan vivait près de chez nous à Westchester ou à Brooklyn. Je gagnais le bénéfice instantané d'une famille très étendue, et, grâce à mes cheveux noirs, je passais facilement pour l'une des leurs. Jusqu'à mon nom qui, à présent, sonnait presque italien – Anna D'Angelo. Beaucoup mieux que Anna Kotrlík.

Jimmy gagnait énormément d'argent. Ses coordonnées semblaient figurer en tête de la liste de plombiers que toutes les ménagères du Westchester conservaient pour appeler à l'aide au moindre pépin. Sa carte de visite, j'en étais certaine, était rehaussée par l'image mentale qu'elles gardaient de mon mari, si divinement beau, à quatre pattes sous leur évier ou leurs toilettes, extrayant des choses ineffablement intimes des entrailles invisibles de leur maison. Ou bien était-ce l'image que moi-même j'avais de lui ? Jimmy était, comme le Dr Poussard l'avait un jour formulé, un homme nature. C'était sa manière de dire que j'avais épousé une sorte de primitif, un individu avec lequel il était impossible que j'eusse quoi que ce fût en commun. Il ne parvenait pas à imaginer que nous puissions avoir une conversation digne de ce nom.

Il avait tort. J'adorais parler avec Jimmy ; il était comme un bain chaud. Et c'était exactement ce dont j'avais besoin – quelqu'un qui n'éprouvait pas le besoin impérieux de tout savoir sur moi, rien que les petites choses du quotidien. De plus, c'était la seule personne à qui je n'avais pas parlé du noir secret de ma mère. En fait, je crois que je lui avais dit à notre premier rendez-vous. Son expression sombre et solennelle s'était aussitôt dissoute dans un doux sourire de compréhension, et j'avais su qu'il n'en dirait jamais rien. J'avais senti, au même instant, que mon père aurait adoré ce type. Jimmy avait lui aussi un petit secret. Il essayait d'écrire une histoire, juste une, toujours la même depuis qu'il avait seize ans. Il avait eu, par le passé, un professeur d'anglais, M. Weiss, qui l'avait encouragé à écrire et à aller à l'université, mais Jimmy n'avait pas suivi son conseil, et cette histoire était le moyen qu'il avait trouvé de se prouver qu'il aurait pu le faire, s'il l'avait vraiment voulu. Il n'était jamais allé plus loin que les deux premiers paragraphes, et, lorsqu'il me les montra, je fus extrêmement impressionnée :

J'avais tellement de sœurs que, certains jours, la maison empestait littéralement le sang menstruel. Sans l'avoir jamais vu, j'en avais une image indélébile : un liquide gluant, épais, dégoûtant, pas rouge mais noir. Il m'arrivait de temps à autre de faire un rêve dans lequel je déambulais à travers un marais de ce sang, lentement, avec difficulté, jusqu'au moment où je levais les pieds dans les airs pour m'envoler simplement au-dessus de sa surface, comme un gros oiseau maladroit.

J'étais désolé pour mes sœurs. Souvent, plusieurs d'entre elles, recroquevillées en chien de fusil dans différentes parties de la maison, priaient silencieusement pour que cesse ce qui ressemblait à de très douloureux maux de ventre. J'imaginais l'intérieur de leur corps, les grottes cachées, les crevasses, et le mécanisme mystérieux des œufs non fécondés qui cherchaient une issue, et causaient ces hémorragies. Et, tandis que mes sœurs enduraient leurs souffrances mensuelles, je me pavanais parmi elles comme un jeune dieu, libre et heureux de n'être encombré d'aucune manifestation désagréable qui m'aurait rappelé à quel sexe j'appartenais.

Selon le Dr Poussard, Jimmy ne faisait qu'écrire un journal intime. Enfin, l'opinion du Dr Poussard ne compte pas lorsque c'est de littérature qu'il s'agit. Il se trouve que j'ai eu connaissance du plan ambitieux que Jimmy avait conçu pour cette histoire : son narrateur était un violeur en série, sourd et muet. L'intrigue lui en avait été inspirée par un de ses camarades d'école, un garçon nommé Tony Galante, qui purgeait une peine de prison à perpétuité pour les viols répugnants qu'il avait commis sur la ligne nord du métro, quelque part entre White Plains et Pleasantville, habituellement en plein jour.

Enfin bref. Quant à mon histoire, et cette fois je suis d'accord avec le Dr Poussard, il est nécessaire d'y ajouter qu'à l'époque où Olina refit surface, j'étais prise dans l'étau typiquement américain de l'immense maison de banlieue, perdue au cœur d'une étendue sans fin de verdure. L'un des oncles de Jimmy s'occupait du jardin qui consistait principalement en une vaste pelouse et une petite forêt de conifères que nous partagions plus ou moins avec d'invisibles voisins. Valhalla évoquait, à mes yeux encore européens, un beau cimetière. On n'entendait ni ne voyait jamais personne dans les rues – les gens étaient soit tranquillement occupés à je ne sais quoi dans leur arrière-cour, soit au volant de leurs voitures qui circulaient dans les avenues comme autant de véhicules blindés. Je me demandais souvent comment des familles nombreuses et chaleureuses comme celles de Jimmy étaient parvenues à changer à ce point leurs habitudes, dans le temps si court qu'il leur avait fallu pour devenir des Américains moyens, et abandonner la richesse colorée de la vie de quartier italienne pour la monotonie tuante de ces banlieues tirées au cordeau. Mais, en y réfléchissant, j'avais accompli exactement le même parcours, sauf que j'étais allée un peu plus vite.

Olina avait été une correspondante fidèle au cours de ces années. En cela, elle se montrait bien plus constante que moi. Ses lettres se présentaient sous la forme de rapports réguliers, longs et détaillés (incluant un certain nombre de photos en noir et blanc), concernant sa vie mouvementée, d'abord comme étudiante en art dramatique, puis avec son premier mari, un producteur de télévision. Elle s'était fondue sans effort dans le monde sur lequel ma mère avait autrefois régné. Mais, bien qu'ayant toujours aspiré à devenir une grande comédienne, elle ne quitta jamais la périphérie. Olina avait joué de mignons petits rôles de femme-enfant, jusqu'au jour où elle avait commencé à faire des bébés et à vivre dans la crainte de perdre son allure chatoune. Chaque grossesse (il y en eut deux à trois ans d'écart) la terrifia totalement, sa plus cruelle peur était celle d'incarner le rôle effroyablement solitaire de mère à plein temps. Je lisais les récits qu'elle m'en faisait en pensant : Tu n'as pas la moindre idée de ce qu'est la solitude, toi, tu es entourée de gens, pas de pelouses et d'arbres à perte de vue.

Ses lettres me donnaient un mal du pays au parfum aigre-doux, et m'aidaient à me sentir vaguement liée à Prague, année après année, bien que cette ville fût devenue depuis longtemps dans mon esprit une cité imaginaire et inaccessible. Je pensais ne jamais pouvoir y retourner pour la contempler à travers mes yeux d'adulte. Alors qu'Olina vivait encore dans l'appartement de ses parents, ses deux grands-mères étant mortes. Parfois, elle me téléphonait, souvent le soir du nouvel an, qui était aussi celui de mon anniversaire. Elle avait toujours l'air excité, au bord de l'hystérie, comme si on venait de lui offrir le premier rôle dans un grand film. Mais ses lettres révélaient combien elle était peu satisfaite de sa vie, et profondément déçue.

De mon côté, j'avais si peu à raconter – j'étais une ménagère, tantôt efficace, tantôt débordée. J'avais moi aussi deux enfants, légèrement plus âgés que ceux d'Olina, et je n'avais jamais entrepris la moindre carrière dans quelque domaine que ce fût. Ça n'avait tout simplement pas de sens d'être la femme de Jimmy et de travailler, je ne m'en étais donc pas préoccupée ; je lisais beaucoup et j'animais un cercle de lecture à la bibliothèque du coin, mais c'était tout. Je ne me souciais pas trop de mon tour de taille qui s'élargissait lentement. Je n'avais pas de raisons particulières de faire des efforts de toilette et Jimmy ne voyait pas d'inconvénient à ce que je me mette à ressembler à sa mère et à ses sœurs, toutes plutôt rondelettes. Qu'aurais-je pu lui dire ? Elle était jalouse de mon bonheur de conte de fées, de la même manière qu'elle avait été jalouse du genre de mère que j'avais quand nous étions petites.

Le Dr Poussard m'a demandé d'évaluer la fréquence des appels téléphoniques d'Olina durant la dernière année. Je me souviens clairement qu'elle a commencé à m'appeler beaucoup plus souvent après mon trente-cinquième anniversaire. Nous échangions des nouvelles environ une fois par mois, et soudain, nos conversations se sont retrouvées truffées d'allusions blagueuses à une aventure qu'elle avait avec un homme d'affaires américain. Un jour, elle couina presque d'excitation en m'apprenant qu'elle avait peut-être une chance de quitter la Tchécoslovaquie pour venir habiter aux États-Unis. Je trouvais qu'elle était folle de s'exprimer ainsi au téléphone, mais elle me répondit que la Révolution avait tout changé, elle était libre de faire et de dire tout ce qu'elle voulait. « Mais crois-tu que ce serait mal d'éloigner les enfants de leur père ? » demanda-t-elle d'une voix gnangnan. J'étais certaine qu'elle continuait de plaisanter.

Quelques mois plus tard, je reçus – sur le réseau national – un appel jubilatoire du mari d'Olina, Roman. Il était à New York pour affaires et me téléphonait pour m'embrasser de la part de sa femme. Puis il ajouta, avec un peu plus d'intensité dans sa voix légèrement anémique : « Tu sais, la Révolution a sauvé notre couple. » L'explication suivit. Apparemment, Olina avait eu une aventure avec un Américain plus âgé – ce n'était pas un coup d'essai, semblait-il. Elle avait passé une bonne partie des années 80 à idéaliser les États-Unis et à tenter de perfectionner son anglais en discutant avec des touristes, des universitaires et des hommes d'affaires. Mais cette fois-ci, il (c'est-à-dire Roman) était intervenu de manière musclée ; il avait mis un point final à toute cette histoire, et c'était à présent terminé. La vie, dit-il d'une voix douce, avait été triste et monotone jusqu'à présent, mais aujourd'hui tout était excitant, grâce à la Révolution. Il n'arrêtait pas de répéter le mot « révolution », comme si ce simple vocable avait pu le sauver de tous les maux, et le mettre à l'abri de la déception qu'Olina éprouvait à son égard.

« Aujourd'hui, dit-il, après toutes ces années, il y a vraiment de la vie dans notre bonne vieille Prague, Olina n'aura donc plus besoin de collectionner les aventures avec ces Américains de passage. Les choses vont reprendre leur cours naturel. » Je n'ai pas demandé ce qu'il entendait par « naturel ».

Je n'ai pas eu de nouvelles d'Olina entre ce premier coup de fil de Roman et le suivant. Cette fois, il appelait de Prague. Il était en larmes. Olina était partie avec les enfants, sans prévenir, alors qu'il se trouvait en voyage d'affaires en Allemagne. À son retour, il avait découvert qu'ils avaient quitté la maison : il y avait un mot sur la table de la cuisine qui expliquait où ils étaient allés. Elle était partie aux États-Unis avec son dernier amant en date (« un type nommé Jack Cohen, un putain de juif », avait-il ajouté). Il n'arrêtait pas de pleurer et de répéter qu'il ne les verrait sans doute plus jamais, à moins de pouvoir s'offrir un voyage aux États-Unis. Il attendrait qu'elle revienne, il n'exercerait pas la moindre pression pour la forcer à revenir, il patienterait jusqu'à ce qu'elle soit prête. Il tenterait de considérer leur absence sous l'angle de « vacances prolongées ».

Jack Cohen, comme me l'apprit Roman, ne vivait pas très loin de chez moi, à Armonk, dans l'État de New York. Roman avait décidé de faire appel à moi pour raisonner sa femme. Il me dit que je devais tenter de la convaincre que, même si leur mariage était à peu près inexistant, il était prêt à accepter tout ce qu'elle demanderait. Inexistant, comment ça ? Eh bien, ils n'avaient pas à proprement parler de vie de famille. Olina quittait la maison dès qu'il rentrait du travail et découchait presque tous les soirs ; elle pleurait toujours après l'amour.

Olina allait donc devenir ma VOISINE DE BANLIEUE, après toutes ces années ! J'avais de la peine pour Roman, pour Olina, pour Jack Cohen et surtout pour les enfants, mais je ne pouvais m'empêcher, en même temps, de trouver toute cette histoire légèrement désopilante. Je dis à Jimmy que je risquais de recevoir des nouvelles d'une vieille amie d'enfance d'un jour à l'autre et qu'elle aurait peut-être besoin de mon aide. Il dit, ouais, bien sûr, pas de problème.

Quelques jours plus tard, Olina finit par appeler, cette fois depuis Armonk. Elle pleurait. Elle me dit qu'elle avait fait une chose horrible, qu'elle n'en dormait pas la nuit, qu'elle descendait au rez-de-chaussée pour s'allonger dans le lit de sa fille. Elle me parla de Jack, me révélant avec quel soin ils avaient, ensemble, planifié l'« évasion » des mois à l'avance. Il avait tout payé. Puis elle me dit combien elle l'aimait, combien ils s'aimaient tous les deux. Il fallait absolument qu'ils soient réunis à cause de leur amour. Quel amant merveilleux c'était, elle n'avait jamais rien connu de semblable. Nous nous mîmes d'accord pour qu'ils viennent nous rendre visite le week-end suivant.

Et je me souvins que Roman lui aussi m'avait dit quelque chose à propos de Jack. Ils se connaissaient assez bien. Selon lui, Jack avait toujours eu un faible pour les femmes tchèques et s'était finalement « arrêté » sur Olina ; il lui avait dit qu'elle était magnifique et qu'elle se gâchait en restant à Prague, prisonnière d'un mariage raté. Il lui avoua aussi qu'à présent il voulait des enfants (il avait presque cinquante ans et ne s'était jamais marié).

Ils arrivèrent le dimanche d'après. Il faisait très chaud et je fus soudain trempée d'une sueur nerveuse en voyant la voiture de Jack remonter péniblement notre longue allée. Je n'avais pas la moindre idée de l'effet que produirait sur moi un face-à-face avec Olina après tant d'années et dans ces circonstances étranges. La dernière fois que je l'avais vue, elle avait l'index pointé sur la minirobe à fleurettes vert et orange de ma mère, ignominieusement souillée. Le Dr Poussard pense que j'ai toujours considéré qu'Olina était responsable de la perte de mon foyer.

Et maintenant, elle était là, grande, mince, vêtue de blanc, le tour des yeux légèrement fatigué, mais, à part ça, belle à se damner, aidant un petit garçon blond et une petite fille blonde à sortir de l'arrière de la voiture. Jack Cohen avança lui aussi ; c'était un homme lunatique, pourvu d'un sourire amical et d'une poignée de main très ferme.

Olina et moi nous regardâmes, médusées, quelques instants avant de nous mettre à hurler et à rire dans l'hystérie la plus totale. Nous nous sommes sûrement étreintes, mais je n'en ai aucun souvenir. Le soulagement qu'elle éprouvait à voir ma silhouette alourdie et mes cheveux poivre et sel était manifeste. Mais soudain elle prit en compte la maison, Jimmy, mes enfants, et perdit tout le courage nécessaire à mesurer son bonheur au mien.

Ce fut un après-midi bizarre, mais ç'aurait pu être pire. Les hommes firent un barbecue et les enfants jouèrent vaguement, tandis qu'Olina et moi parlions sans fin dans la cuisine. Non, ce n'est pas tout à fait exact, car c'est surtout Olina qui parla. À propos de l'incroyable maison que Jack possédait à Usonia, un quartier entièrement aménagé par Frank Lloyd Wright. « On dirait qu'elle pousse à même la forêt, comme si elle avait été plantée là par la nature. Les enfants adorent. L'eczéma de Peter a presque complètement disparu. Prague est tellement polluée, tu sais ! »

Bien sûr, soupira-t-elle, la maison est loin d'être parfaite. Elle avait déjà dit à Jack qu'il faudrait entièrement revoir la cuisine et remanier la disposition des chambres pour que chaque enfant puisse avoir la sienne.

Elle était au milieu de sa phrase lorsque le téléphone sonna. J'avais un plat rempli de frites dans les mains, si bien qu'elle décrocha pour moi. C'était Roman. Il refusa de lui parler et raccrocha.

C'est alors que les larmes vinrent. Les siennes et les miennes. Le talent d'Olina pour le mélodrame avait fini par m'affecter, et je me laissai aller à notre besoin commun de rattraper toutes nos années perdues.

Mais Jimmy entra et notre bref instant de tendresse partagée et de suprême débilité prit fin.

« Je raccompagnerai Jack et Olina chez eux tout à l'heure, dit-il, la plomberie de leur cuisine a besoin d'une petite révision semble-t-il. Tu veux venir ? Il fera peut-être plus frais là-bas qu'ici. »

Je ne voulais pas. J'avais mon comptant d'Olina pour la journée, d'autant que j'avais eu tout loisir d'évaluer, au cours de cet après-midi, l'ampleur de sa demande émotionnelle.

En fait, je la vis très peu. À la fin de l'été, Olina décida de retourner à Prague pour retrouver son mari. Il lui promit de lui trouver un emploi à la télévision. Elle était déçue, disait-elle, par le manque de raffinement du mode de vie américain et ne pardonnait pas à Jack d'avoir giflé son fils pour le punir d'un caprice. Jack me raconta plus tard qu'elle avait des attentes absolument fantaisistes en matière d'argent et qu'elle voulait qu'il dépense des sommes astronomiques pour les enfants. Il me dit aussi qu'elle pleurait toujours après l'amour.

Mais je savais qu'il existait un élément supplémentaire susceptible d'expliquer la fin prématurée de l'histoire d'amour d'Olina avec son homme d'affaires américain. Ce même dimanche de canicule, lorsque Jimmy les avait raccompagnés jusqu'à Usonia pour jeter un coup d'œil à la plomberie vétuste de la maison de Jack, il y avait eu un petit incident. Alors qu'il trafiquait les tuyaux cachés sous l'évier, il découvrit qu'ils étaient reliés à d'autres tuyaux, qu'il ne put immédiatement identifier, mais dont il se rendit compte qu'ils étaient bouchés. Mon consciencieux mari monta à l'étage et trouva la source du problème – un bouchon colossal dans les toilettes du premier. Il ne comprenait pas comment il était possible qu'il existât un lien entre les toilettes et la cuisine, mais, apparemment, certaines de ces maisons étaient légèrement expérimentales, pour avoir été conçues par des étudiants. Bref, il déboucha les toilettes, ce qui eut pour conséquence de faire jaillir un puissant jet de merde, lequel, empruntant les tuyaux si admirablement conçus, se propulsa jusqu'à l'évier et bien au-delà. Jimmy me dit que, lorsqu'il redescendit, il trouva Olina en pleurs, son jean blanc et sa petite brassière assortie dégoulinant d'immondes gouttelettes noires et marron. Jack Cohen essaya de la réconforter en lui disant que c'était sa faute à lui, qu'il avait oublié de la prévenir de ne pas utiliser ces toilettes. Lui, pour sûr, ne s'y rendait jamais.

Lorsque Jimmy eut terminé son récit, je me mis à rire si fort qu'il crut que j'avais perdu la tête. Je composai le numéro de ma mère à Ottawa, avant de raccrocher aussitôt. Je décidai de lui raconter cette histoire de visu.

Peut-être, après cela, consentirait-elle à revenir à Prague, avec moi. Juste pour un petit séjour touristique.

Une fois calmée, je ne pus m'empêcher de dire à Jimmy que, lorsqu'ils étaient partis, j'avais regardé à la fenêtre les deux voitures presque identiques – celle de Jack et celle de Jimmy – s'éloigner en droite parfaite le long de l'allée. Toutes les mains s'étaient agitées en signe d'au revoir. J'avais agité la mienne en retour. Puis, et c'est exactement dans ces termes que je ne cesse de le répéter au Dr Poussard et à Jimmy, tout simplement parce que c'est comme ça que ça s'est passé, j'ai vu le ciel virer à l'indigo, presque noir. Je pus pratiquement sentir la baisse brutale de la température et j'entendis ce qui ressemblait au grondement d'un train lancé à grande vitesse à travers la maison. Puis ce fut de nouveau le silence. La tornade avait soulevé les voitures et les avait reposées, apparemment intactes, sur la pelouse d'un lointain voisin. Ma maison était enfouie sous un nombre incalculable d'arbres déracinés. Le Dr Poussard me dit de rester sur cette image tant que je ne connaîtrais pas le nom de chacun de ces arbres, en anglais.

Vacances yogiques

« Debout, jambes bien écartées, mains sur les hanches. On étire le haut du corps, dos très droit. On laisse tomber les épaules, on ouvre la poitrine. Inspirez – et lentement on enroule le dos, tête vers le sol, les mains à plat sur le matelas entre vos pieds, pour les plus souples. On tire bien. Ex-pi-rez. Maintenant on lève les yeux, sans changer de position. »

Je m'exécutai et me retrouvai du même coup en train d'exhaler droit dans le cul du type devant moi. Pas un cul nu, bien sûr – nous étions en cours de yoga –, mais son aspect à la fois ferme et rebondi était clairement souligné par le coton léger de son short rouge. Quelqu'un d'autre avait sans doute, à l'instant précis, les yeux vissés sur mon propre cul qui n'était pas si ferme, lui, j'en ai peur. « Par pitié, mon Dieu, faites que je ne pète pas » était le mantra silencieux mais puissant qui circulait dans la salle. La prière de l'un d'entre nous ne fut pas entendue.

Quelques *asanas* éreintants plus tard, on nous demanda de nous mettre deux par deux, chacun devant à son tour corriger la posture de l'autre lors d'une torsion affreusement complexe. C'était le jour n° 1 de la semaine de « stage de yoga au pays de Galles avec Nina Baldwin », célèbre professeur. S'agenouiller pour maintenir les jambes couvertes de sueur d'un parfait inconnu était un assez bon moyen de briser la glace.

Je me tournai vers la gauche et vis une grande femme assez élégante d'une soixantaine d'années. Elle me sourit et me proposa de m'aider à garder les pieds collés au sol tandis que je tentais d'exécuter la torsion suivant les instructions de Nina. « Tournez-vous un peu plus à chaque expiration. Regardez loin par-dessus votre épaule. Laissez votre corps suivre votre regard, en douceur. »

Puis ce fut mon tour de l'aider. Je saisis ses chevilles étonnamment fraîches et, tandis qu'elle opérait une rotation parfaite à partir de sa taille souple, je gardai les yeux fixés sur la zone particulièrement intéressante, au creux de ses genoux dénudés, qui, davantage que son visage subtilement ridé, me remit en mémoire le lieu où nous nous étions rencontrées pour la première fois.

Vingt-cinq ans plus tôt, elle m'avait engagée comme jeune fille au pair. J'avais dix-sept ans et j'étais *lycéenne* à Paris ; elle, c'était « Mrs Howard ». J'étais censée rester chez elle tout l'été, mais je dus quitter mon emploi au bout de trois semaines, tout en sachant que je n'aurais d'autre solution que de passer le reste des vacances dans une colo juive communiste des environs de Lille. Mrs Howard était une salope d'envergure cosmique.

La famille habitait une propriété retirée et faussement distinguée, quelque part dans Croydon, tout au bout d'une rangée bien proprette de maisonnettes à trois étages. Elle m'avait appris à répondre au téléphone en disant « Squirrel Hill 4733 », et se délectait de m'entendre massacrer cette locution avec mon accent français. « C'est Nicole, notre jeune Française au pair pour l'été », dit-elle avec un agréable sourire lorsqu'elle me présenta à un groupe d'amis de la famille venus dîner à la maison le soir de mon arrivée. « Elle est assez mate, n'est-ce pas ? Vous êtes juive, Nicole ? – Non, bien sûr que non », dis-je, et ils éclatèrent tous de rire.

Je ne sais toujours pas aujourd'hui pourquoi j'ai menti. Je ne l'avais jamais fait avant et n'ai jamais recommencé depuis. Peut-être savais-je déjà, instinctivement, que Mrs Howard et moi n'étions pas faites pour nous entendre, et que je ne voulais pas qu'elle me déteste *parce que j'étais juive*.

Quant à son mari, c'était une autre histoire. Lorsqu'il était venu me chercher à la gare de Waterloo dans une grande voiture d'un blanc immaculé, vêtu d'un short et d'un polo blancs, mon cœur d'adolescente s'était arrêté de battre. Submergée par tant de blancheur durant le trajet jusqu'à Croydon, je ne pus m'empêcher de me sentir étrangement basanée. Les doux poils blonds qui couvraient ses bras et ses jambes hâlés me tentaient irrésistiblement, et j'eus toutes les peines du monde à me concentrer pour pouvoir répondre correctement aux questions très polies et amicales qu'il me posait. Mr Howard était adorable, gentil et très timide. Il passait la majeure partie de l'année à travailler comme ingénieur quelque part au Moyen-Orient, laissant sa femme et ses deux enfants seuls à Croydon – et moi avec. Confession urgente : s'il avait travaillé, disons, dans le West End et qu'il avait pu ainsi rentrer tous les soirs, je serais peut-être parvenue à ravaler mon orgueil et à supporter Mrs Howard pendant tout un été, si ce n'est plus.

Les enfants, Julius, neuf ans et Anna, quatre ans, étaient très peu exigeants. Julius, charmant et réfléchi, était mon compagnon silencieux. Nous regardions la télé ensemble – nous avons même, un soir, sangloté de concert devant un épisode archimélo d'*Emma*. Anna, incroyablement mignonne, suivait le mouvement et parlait sans arrêt, ignorant totalement le fait que j'étais incapable de comprendre un mot de son anglais de bébé. Je peux honnêtement déclarer que je suis littéralement tombée amoureuse des enfants de Mrs Howard, et que si mes responsabilités s'étaient limitées à m'occuper d'eux, comme l'agence qui nous servait d'intermédiaire me l'avait fait croire, tout se serait passé à merveille.

Mais Lucy Howard avait d'autres idées. Je devais me lever à six heures, avant tout le monde, et leur « préparer un petit déjeuner », afin qu'ils puissent tous s'éveiller en humant le fumet des œufs au bacon, le parfum du café et des toasts. Je devais « briquer la maison de fond en comble », chaque jour. L'aider à la cuisine, nettoyer après chaque repas et passer un moment avec les enfants avant qu'ils aillent au lit. De temps en temps, on me demandait de jouer avec eux dans le jardin parfaitement tenu, où Mrs Howard pouvait être aperçue, dès que le temps le permettait, étendue sur une serviette de plage, pour « prolonger son bronzage espagnol », comme elle aimait à dire. Ils étaient rentrés de vacances peu de temps auparavant.

J'étais une adolescente passionnée de lecture et je n'avais jamais rien cuisiné de ma vie ; inutile de dire que je n'avais pas la moindre idée de ce qu'elle entendait par « un petit déjeuner anglais ». Le premier matin, Charles Howard prit sur lui de me l'enseigner (sa femme ne détestait pas les grasses matinées, avait-il murmuré sur un ton d'excuse). Ça ne paraissait pas trop compliqué et, de toute façon, c'était un prétexte fantastique pour passer quelques instants seule avec lui. Il était extrêmement habile à faire sauter le bacon dans la poêle, le retournant juste au bon moment, lorsqu'il avait idéalement réduit. Pareil pour les œufs, en général simultanément.

Après ce premier jour, je fus livrée à mes talents personnels. Et je réussis à foutre en l'air royalement chaque petit déjeuner dont j'eus à me charger. Entre mes mains, le bacon se ratatinait en fines languettes de charbon. Les œufs étaient systématiquement brûlés sur les bords. Les toasts, idem – je parvins même un jour à leur faire prendre feu, obligeant Mr Howard à se précipiter dans l'escalier menant à la cuisine vêtu d'une robe de chambre à moitié ouverte. J'avais l'impression d'être un personnage dans une mauvaise sitcom anglaise. À la suite de ce désastre, on ne me demanda plus de préparer le petit déjeuner.

À cause de ma nervosité et de la tension qui ne cessait de monter, je me mis aussi à casser leur vaisselle, à laisser tomber les tasses en porcelaine, à boucher leurs toilettes. Un jour je réussis à glisser dans l'escalier parce que j'étais en chaussettes. Je tombai la tête la première et roulai jusqu'en bas comme un ivrogne, pour atterrir sous un élégant petit guéridon accolé au pilier de la rampe. Alors que je me tordais de douleur, Lucy Howard se précipita à mes côtés en hurlant : « Oh, mon Dieu, elle l'a cassé ! » Je me souviens que Mr Howard, à cet instant, lui jeta un regard incrédule et dit, d'une voix très douce : « Chérie, ne crois-tu pas que nous devrions nous assurer que la petite n'a rien ? » Il m'aida à me relever et, plus tard dans la soirée, il vint même me rendre visite dans ma chambre pour voir si j'allais bien. Je n'avais mal nulle part, mais lorsque que je le vis, je ne pus m'empêcher d'éclater en sanglots – sans toutefois lui dire pourquoi, car j'aurais risqué de le choquer terriblement. Pour une fille comme moi qui débarquait d'une famille juive aimante et aux idées larges, cet été-là avait été une horreur – j'avais multiplié les expériences catastrophiques : faire la servante, être une étrangère, se sentir comme une merde parce qu'on est incapable d'accomplir la moindre tâche ménagère, oublier complètement qu'on est un être humain intelligent, avec des idées et des rêves à soi. La haine que je ressentais pour Mrs Howard était également une émotion nouvelle et puissante – de même que le faible que j'avais pour son mari *défendu*.

Je me contentai donc de pleurer. Il mit son bras autour de mes épaules, me caressa la tête, puis laissa ses doigts jouer dans mes boucles, et enfin, m'embrassa sur la bouche. J'arrêtai de pleurer et lui dis, assez fermement je m'en souviens : « Je crois que vous feriez mieux de partir à présent.

– Je partirai quand j'en aurai terminé », dit le maître de maison si timide, d'un ton aussi ferme, tout en continuant à se montrer charmant avec moi, jusqu'au moment où il entendit les pas de ses enfants sur le palier. Le lendemain matin, il était reparti – quelque part en Arabie Saoudite.

Le second épisode érotique qui marqua mon bref

séjour à Croydon fut lié au creux des genoux si sexy de Mrs Howard. Un dimanche matin, par désespoir pur et simple, je décidai de téléphoner à une vieille amie de mon père, une romancière qui vivait à Notting Hill. Mon père m'avait dit de la contacter si j'avais besoin de quoi que ce soit, ou si je voulais rester dormir à Londres. Lorsque j'eus composé le numéro, une voix masculine répondit, avec un fort accent slave. L'amie de mon père était en voyage, l'homme qui avait décroché était son cousin et il gardait la maison, n'ayant nul autre endroit où aller pour l'instant – il avait récemment fui Prague, c'était aussi un écrivain – pas très connu, avait-il ajouté en riant. Il connaissait mon père, bien sûr. Cela me ferait-il plaisir s'il venait me rendre visite à Croydon ? Il se sentait vieux et déprimé aujourd'hui et il ne voyait aucun inconvénient à sauter dans le premier train pour aller voir une très jeune fille dont il trouvait la voix particulièrement agréable ; ça lui changerait les idées.

Je fus totalement enchantée par cette conversation. Je dus sans doute dire oui. Il arriva à l'heure du déjeuner. Il était petit, légèrement dégarni, d'âge moyen, pourvu d'une paire d'yeux bleus perçants, de sourcils broussailleux, et d'un débit de parole passionné et ininterrompu, genre courant de conscience. Je le présentai à Mrs H. et notai une transformation frappante dans sa conduite. Dès l'instant où Karel Herman lui jeta un regard mélancolique et dit, avec une étincelle éclatante dans l'œil : « Je ne détesterais pas déménager à Croydon », elle laissa paraître sur son visage une douceur que je ne lui avais jamais connue auparavant, lui offrit une tasse de thé, accompagnée d'une tranche de gâteau, et se mit à entretenir avec lui une conversation si nonchalamment lascive que je ne pus que soupirer et décider secrètement de devenir, en grandissant, plutôt comme elle que comme ma mère, toujours empreinte d'une réserve modeste et polie. (Quoique, pensai-je, il soit fort possible que ce sacré Herman eût le même effet sur toutes les femmes d'âge mûr, même les plus timorées !)

Après le thé, Karel Herman me demanda de l'accompagner jusqu'à la gare pour reprendre son train à destination de Londres. Il me servit, durant cette courte promenade, une explication fournie visant à me faire comprendre pourquoi il pensait que Mrs H. était une femme très séduisante. Ce n'était pas son visage, qui, dit-il, était « pas mal mais sans plus ». Ce n'était pas non plus sa silhouette, qui était « parfaite mais pas vraiment excitante ». C'était, s'exclama-t-il avec enthousiasme, cette zone intéressante au creux de ses genoux, qu'il avait eu le temps d'examiner lorsqu'elle s'était penchée devant lui pour servir le thé. Elle portait un short, et un homme de moindre goût aurait peut-être trouvé davantage de plaisir dans la proximité tentante de son postérieur – comme elle l'avait elle-même sans doute prémédité. Mais Karel Herman était un connaisseur, il ne se laissait pas si facilement embobiner. Le creux des genoux de Mrs H. parlait le langage secret des concavités chaudes et accueillantes, de la peau douce, d'une admirable souplesse d'ensemble. C'était, en bref, comme un rapide aperçu de son vagin – à cet instant, il s'interrompit, me regarda droit dans les yeux et me demanda : « Tu as une vie sexuelle parfaitement épanouie, n'est-ce pas ? » Pas vraiment, pensai-je, tout en décidant d'explorer plus sérieusement que je ne l'avais fait jusqu'alors cette voie nouvelle.

Lorsque je rentrai à la maison, Mrs H. était d'une humeur exquise et ne cessa de faire l'éloge de mon « charmant invité d'Europe centrale ». Nous connûmes un rare moment d'amitié véritable, qui me rendit plus difficile l'aveu que j'avais à lui faire : j'avais décidé de les quitter plus tôt que prévu. Pour tout dire, le lendemain même. Toutefois, je crus sentir qu'elle était authentiquement soulagée. Comme elle semblait l'être à présent que l'exercice de torsion était terminé et que nous pouvions donc chacune regagner notre tapis. Je savais que nous devrions tôt ou tard dévoiler nos identités respectives, mais je n'avais aucune envie de précipiter les choses.

L'un des problèmes que devait rencontrer cette sage résolution était que, lors des stages de yoga, les gens ont une sérieuse tendance à tomber les masques et à se révéler tels qu'en eux-mêmes le soir venu, sous les yeux effarés de leur compagnon de chambre. Celle qui devait partager chacune de mes nuits était debout devant l'évier d'époque victorienne, brosse à dents en main, lorsque j'entrai pour déposer mes lourdes valises sur le parquet ciré. Le lit que j'aurais choisi – tout au bout de la vaste chambre, contre le mur recouvert de tapisserie – n'était plus libre. Je fus donc obligée d'étabiir mon campement sur celui qui se trouvait près de la porte.

Julia était une créature svelte, toute en jambes, parée d'une masse flamboyante de cheveux roux et dotée de la peau d'albâtre proverbiale. Elle avait des airs de fantôme gothico-éthéré, parfaitement assortis au manoir isolé qui nous abritait et qu'elle se mit, comme je m'en aperçus assez rapidement, à hanter tous les soirs à partir de onze heures. La manie nocturne de Julia – aller nager complètement nue dans la piscine – devint bientôt le sujet central des petits déjeuners communs et le jingle favori de notre radio-ragots locale. L'un des hommes les plus excités – il s'agissait de Sam, le propriétaire athlétique du petit short rouge – développa un symptôme difficile à combattre, lié aux habitudes étranges de ma compagne de chambre. Il lui était impossible de ne pas la rejoindre dans la piscine, le Jacuzzi ou le sauna lorsqu'il savait qu'elle y était, et il lui était également impossible de ne pas nager nu, sous peine de passer pour un garçon ridiculement prude. Mais comment faire, murmura-t-il un matin à mon oreille, d'un ton théâtral transcendant le porridge biologique et le café-chicorée que nous ingurgitions docilement, oui, comment faire pour partager cet immense espace aquatique avec elle sans avoir une très sévère et yogique érection ? « Essaie de garder les yeux fixés sur son visage, lui suggérai-je. Ou alors, parle-lui de génétique, c'est son rayon. » Sam ne parvint jamais à résoudre son dilemme et continua de se vautrer dans la pitié qu'il s'inspirait à lui-même et la torture qu'il s'imposa sans relâche jusqu'à la fin des vacances. Partageant la chambre de Julia, je découvris assez vite qu'il n'avait pas la moindre chance avec elle, et qu'il y avait un adorable petit secret caché derrière ces heures de natation et de brossage de dents. L'un des hommes les plus discrets de notre cours de yoga, un gentil technicien en informatique originaire de Manchester, était son amant. Il était, comme Julia, marié avec enfants (elle vivait à Londres), et les deux amoureux ne se rencontraient qu'une fois l'an, au cours de ce stage. Un péché presque inconsistant, trouvaient-ils, mais dont ils ne pouvaient se passer. Ils disparaissaient ensemble, plusieurs fois par jour, personne ne savait où, et, à chaque fois qu'ils revenaient, Julia passait un temps infini à se brosser les dents.

Son petit ami ne savait pas nager, mais il venait parfois s'asseoir dans le Jacuzzi ou au sauna afin de l'observer tandis qu'elle se faisait harceler par Sam. Elle faisait ça pour le rendre fou, et ça marchait. J'ai du mal à imaginer à quoi ressemblait le reste de leur année, de retour chez eux avec leur petite famille. Sans doute avaient-ils des vies parfaitement ordinaires.

Nous avions chacun une histoire dans ce stage, et les échanger avec les autres était l'un de nos plus grands plaisirs. Ma stratégie habituelle, qui consistait à me faire passer pour une femme au foyer française habitant à Londres, ne fonctionna pas cette fois, car le degré de discours était extraordinairement élevé et honnête. Après un dîner époustouflant et plusieurs bouteilles de vin biologique, nous nous retrouvâmes tous affalés dans l'herbe tendre derrière la serre, les yeux fixés sur un coucher de soleil d'une lenteur agaçante. On me demanda de raconter mon histoire.

J'étais originaire de Paris, dis-je, mais j'étais venue vivre en Angleterre il y a très longtemps à cause d'un homme. Un juif extrêmement riche, un éditeur. Nous nous étions rencontrés à la Foire du livre de Francfort, où j'aidais une maison d'édition socialiste française à tenir son stand. Mon socialisme ne m'empêcha pas de trouver les avances agressives d'Hilary Dorfman assez excitantes. Je n'avais que vingt ans et c'était un homme bien plus âgé, d'environ quarante ans, pensais-je (en fait il en avait cinquante). Sa maison d'édition (des livres au coût de fabrication vertigineux, concernant l'histoire militaire et navale) n'était pas une chose très sérieuse, mais davantage la marotte d'un homme d'affaires débordant d'énergie et d'argent. Il était immense, très haut en couleur et joyeux ; il me plaisait. Je venais à peine d'emménager dans son énorme triplex à Kensington, après une courte lune de miel en Grèce, lorsque l'âge et l'histoire médicale de mon tout nouveau mari le rattrapèrent soudain : il s'écroula, terrassé par une crise cardiaque dans la salle de bains.

La situation était donc la suivante : j'étais une jeune veuve extrêmement riche résidant à Londres, se faisant appeler Mme Hilary Dorfman plutôt que Nicole Lazare – et toujours socialiste. J'étais devenue la fière propriétaire d'une maison d'édition parfaitement ridicule, et je « fréquentais » quelques-unes des « meilleures » familles juives de la ville. Ils mouraient tous d'impatience de me rencontrer, et je dus l'accepter, par respect pour feu mon mari. Mais après quelques années d'absurdité totale, je vendis la boîte, commis intentionnellement quelques gaffes mondaines de manière à me donner mauvaise réputation et à interrompre le flot d'invitations affreusement ennuyeuses qui pleuvaient sur moi. Enfin, je déménageai à West Hampstead et devins une rebelle argentée en cotisant à tous les mouvements pacifistes de la ville.

Il me fallut expliquer à mes amis yogiques que par « paix », j'entendais paix au Moyen-Orient. J'évoluais librement parmi les groupes juifs ou arabes, je voyageais en Israël et en Égypte, en Jordanie et au Maroc, rencontrant toutes sortes d'éminences (y compris quelques rois), discutant avec eux et espérant qu'à travers l'attirance qu'ils éprouveraient pour cette grande dame juive à la classe folle et à l'accent français si sexy, ils verraient enfin la lumière et cesseraient de s'entre-tuer. Certaines personnes sont des écrivains frustrés. J'étais un diplomate frustré.

Je collectionnais aussi les aventures passionnantes avec des hommes qui étaient tous aussi joyeux et secrètement mal en point que mon mari l'avait été. Le premier psy venu aurait pu me dire que je ne faisais que tester mes pouvoirs meurtriers, afin de déterminer, sur la base de preuves scientifiques, si oui ou non c'était moi qui avais tué mon mari. Si la catastrophe s'était reproduite ne serait-ce qu'une fois, cette hypothèse aurait été confirmée.

Eh bien non, cela ne fut jamais le cas, car j'eus la sagesse de m'arrêter à temps et de rester célibataire.

« Parfaitement yogique, murmura l'amant de Julia de sa voix douce.

– Pas yogique du tout, dis-je. Complètement cinglé plutôt. »

Nous éclatâmes tous de rire. Le soleil avait fini par se coucher, et la plupart des gens rentrèrent à l'intérieur.

Une femme ne suivit pas le mouvement, fixant sur moi un regard ahuri. Je savais qui elle était et elle savait qui j'étais. Elle sourit, l'air incroyablement jeune pour son âge. Karel Herman devrait vous voir aujourd'hui, pensai-je. Et je me rendis soudain compte qu'il devait être déjà mort, ou horriblement vieux.

« Alors comme ça vous êtes revenue en Angleterre, Nicole. Pourquoi ne nous avez-vous pas appelés ?

– Je ne… je ne pensais pas que ça vous ferait plaisir. Vous me détestiez, n'est-ce pas ? Nous nous détestions. Je trouvais que vous étiez un monstre. Mais vous avez l'air plutôt sympathique maintenant. Si ça se trouve, je n'étais qu'une adolescente imbécile. »

J'espérais que cette dernière réplique ferait passer l'affront contenu dans la précédente, mais Lucy Howard me surprit, une fois de plus.

« J'étais un monstre, Nicole. Désolée. Je crois que j'ai été temporairement folle. J'avais une petite excuse malgré tout – Charles était en train de me quitter, pour une Française qu'il avait rencontrée en Arabie Saoudite. Elle était enceinte. Ce fut le dernier été qu'il passa à la maison. Alors, vous voyez… »

Nous parlâmes pendant des heures. J'eus soudain le sentiment fantastique et délicieusement ringard que la vie n'était que kitsch, kitsch sur kitsch, grâce à Dieu.

« ... ce qui m'a sauvée, ce qui a fait que je n'ai pas complètement perdu la raison, c'est la rencontre avec votre ami, cet écrivain tchèque.

– Herman ? demandai-je, incrédule.

– Oui, Karel. Il réapparut soudain à ma porte plus tard dans l'année, en hiver. Charles et moi avions déjà divorcé. Et, que dire ? Karel était un homme hors du commun. Il m'a appris quelques petites choses essentielles sur moi-même.

– Je parie que ça avait à voir avec le creux de vos genoux, dis-je en riant.

– Comment ? » Elle n'avait pas l'air de savoir de quoi je parlais. Était-il possible qu'il eût gardé sa profonde intuition de ce qu'était la sexualité de sa partenaire pour lui ?

Le lendemain matin, Nina Baldwin décida de nous initier aux *asanas* inversés. Nous devions faire les pieds au mur, par groupe de deux, chacun aidant l'autre à son tour à lever les jambes dans les airs et à les garder en position pendant quelques instants durant lesquels le sang nous descendait à la tête. Lucy et moi fîmes de nouveau équipe. Elle était bien meilleure, la poigne ferme et assurée. Tandis qu'elle me tenait les jambes, alors que j'essayais de ne pas perdre l'équilibre, debout sur les mains, mes cheveux balayant le sol, elle dit : « Je me suis toujours demandé pourquoi vous aviez nié être juive ce jour-là, quand je vous avais posé la question. Je le suis moi-même, et je savais que vous l'étiez – nous avions demandé à l'agence de nous envoyer une fille au pair juive, si possible. C'est pour cette raison que j'étais si furieuse contre vous et que j'ai fait semblant de ne pas m'alarmer quand vous avez dévalé l'escalier. De toute manière, je voyais bien que vous n'aviez rien.

– Mais... le bacon ? dis-je d'une voix éraillée en retrouvant ma position initiale.

– Ah... Charles n'est pas juif, et je me moquais de ce genre de choses. Je m'en moque toujours d'ailleurs. »

À la fin de chaque cours de yoga, on fait ce qui s'appelle la posture du cadavre. Les yeux fermés, on se contente de respirer, de se laisser peser dans le sol, de sentir son corps et son esprit devenir lourds et se vider. Je ne parvenais jamais à atteindre ce parfait état de relaxation, il y avait toujours telle pensée ou telle émotion qui cognait quelque part dans mon cerveau ou dans mon cœur. Ce jour-là, je réussis, je ne sais pourquoi, à me laisser complètement aller et à me sentir légère et, disons-le, heureuse.

Le soir venu, Sam n'alla pas nager. À la place, nous eûmes une petite conversation concernant mon célibat.

Les Paons

Ce qu'il y a de plus bizarre dans cette maison, c'est que la chaudière se trouve au grenier. À chaque fois que le chauffage s'arrête, ce qui arrive assez souvent, Vera doit grimper à la vieille échelle d'aluminium, se glisser dans la petite trappe carrée et rallumer la veilleuse. L'échelle n'est pas très stable, et la main de Vera pas très ferme lorsqu'elle appuie sur le bouton avec son pouce en attendant que la flamme se dresse fièrement, comme la queue d'un paon.

La dernière fois qu'elle a vu un vrai paon, c'était au zoo de Moscou. Ce n'est pas si vieux, mais elle n'arrive pas à croire que c'était vraiment elle, assise sur ce banc face à la barrière rouillée, sirotant une limonade tiède et lisant les lettres qu'elle avait reçues le matin même de l'agence. Il y en avait cinq ou six, d'Angleterre, de France, d'Allemagne. Écrites par des hommes qui désiraient épouser une femme russe, sans l'avoir vue. Enfin, pas vraiment, ils avaient tous eu une photo couleur d'elle, mais ils ne pouvaient pas savoir à quoi elle ressemblait vraiment ; ils ne pouvaient distinguer, par exemple, l'affreuse, l'énorme tache de naissance, comme une tache d'encre pourpre sur sa hanche droite ; ils ne pouvaient sentir la douceur du duvet roux sur ses bras ; ni goûter les gouttelettes aigres-douces de sueur sur sa lèvre supérieure.

Tous les cinq offraient un visage plus ou moins agréable et un endroit où habiter plus ou moins agréable. L'agence prenait des honoraires élevés pour permettre de se rencontrer à des hommes et des femmes qui, pour une raison ou une autre, avaient renoncé à trouver un partenaire près de chez eux. Une amie avait dit à Vera que les hommes d'Europe de l'Ouest craignaient les femmes d'Europe de l'Ouest, et se figuraient que les femmes russes étaient plus conciliantes. Qu'elles seraient satisfaites de leur nouvelle vie et ne se plaindraient pas du moment que le lot comprenait une cuisine équipée, et un mari qui n'était ni un ivrogne ni une brute. Apparemment, les hommes d'Europe de l'Ouest considéraient qu'épouser une femme russe revenait à la sauver d'un naufrage.

Vera n'était pas en désaccord avec cette vision des choses, pas complètement. Elle avait souhaité plus que tout pouvoir quitter Moscou, non qu'elle se trouvât dans une situation précaire et éprouvât le besoin de s'enfuir. Non qu'elle fût seule. Elle avait un travail très correct, qu'elle aimait presque ; elle enseignait l'anglais dans une école pour enfants surdoués. Elle connaissait des hommes qui la désiraient et, quand elle en avait envie, elle prenait du bon temps avec eux. Elle aurait même pu finir par épouser l'un d'eux. Mais un jour, en entrant chez ses parents, elle les trouva assis sur leur vieux canapé déglingué devant la télévision, se tenant la main de leurs doigts osseux comme de jeunes amants, immobiles, les yeux vitreux. Elle pensa, avec quelque irritation, que, d'une pichenette, elle aurait pu les faire chavirer, comme s'ils étaient déjà sans vie. Elle prit conscience que ce serait bientôt le cas, et qu'elle n'aurait pas les moyens de le supporter. Ce soir-là, elle chercha les coordonnées de Liens D'amour S. A., une agence matrimoniale spécialisée dans les rencontres entre « jeunes gens de l'Est et de l'Ouest, responsables et pourvus d'un situation correcte ». Il lui suffisait d'écrire une lettre et d'envoyer une bonne photo d'elle. Ils lui renvoyèrent des fiches à remplir et à signer, et s'occupèrent du reste. Quelque temps plus tard, elle reçut ces fameuses lettres, avec pour mission de choisir l'un des hommes, si elle le pouvait.

Elle sélectionna Charles non parce qu'il semblait ou « s'exprimait » mieux que les autres, mais parce qu'il vivait à Londres. Ses lettres faisaient preuve de retenue, n'en disaient pas trop, son sourire photographique paraissait détendu et peu excitant. Mais son adresse était carrément affriolante : Kensington Gate. Le premier mot lui évoquait les funérailles de la princesse Diana, le palais et toutes ces fleurs somptueuses. Vera avait été impressionnée par tant de chagrin – il n'y avait personne, dans son pays à elle, dont la mort aurait été susceptible de déclencher de tels torrents de larmes. Quant au second mot, c'était un bien curieux mystère : comment une rue pouvait-elle s'appeler « portail » ? Cela impliquait une certaine *grandeur*, de la *largesse*, un château ou du moins un manoir victorien. Des seigneurs et des dames, des festins et des soirées, des majordomes et des serviteurs en livrée. Vera décida qu'elle serait bonne avec les serviteurs, et répondit à Charles de sa plus belle écriture.

Après plusieurs échanges de lettres du même acabit, ils se mirent d'accord pour renoncer à la rencontre préliminaire que l'agence recommandait et tenter leur chance ensemble. Vera arriva à Heathrow par un jour ensoleillé et chaud du mois d'octobre. Charles tenait bien haut une pancarte jaune vif avec son nom écrit dessus en russe. C'est elle qui le vit en premier. Il était plus petit qu'elle ne se l'était imaginé et plus rond aussi. En fait, il était carrément un peu gros, mais Vera s'occuperait de ça. Il ne faisait pas ses trente-six ans, en dépit de sa franche calvitie et de son regard sérieux derrière ses lunettes. Mais il ne déplut pas le moins du monde à Vera, qui s'approcha de lui avec un grand sourire, comme s'ils avaient été de vieux amis.

Pour Charles, Vera était la réalisation du plus fantasque de ses rêves. Il lui avait demandé de porter des cuissardes et une minijupe pour le voyage, afin qu'il pût la reconnaître et s'enfuir aussitôt si quoi que ce soit clochait dans son apparence. Mais tout était parfait ; elle était mince, *petite*, avec tout ce qu'il fallait là où il fallait. Elle avait laissé libre son épaisse chevelure blonde qui cascadait sur ses épaules pour l'impressionner au maximum dès le premier regard – et cela fonctionna. Même si ses vêtements n'étaient pas du tout dernier cri, Charles fut enchanté. Et lorsqu'il entendit le drôle d'accent russe qui mâtinait son anglais, au demeurant excellent, il faillit suffoquer d'excitation.

La timidité de ces premiers instants, les roses jaunes qu'il avait apportées à l'aéroport. Elle avait dû les refuser – ignorait-il que les roses jaunes étaient signe de peine de cœur, de séparation ? « Tout ça c'est des sacrées salades russes », avait-il répliqué brutalement, avant de se tourner pour offrir galamment le magnifique bouquet à une vieille dame surprise. Vera s'était esclaffée, et Charles avait noté la chaleur de son rire de gorge. Tout se passait à merveille.

Tandis qu'ils roulaient vers la maison, Vera regardait les banlieues grises en se demandant si c'était « ça » Londres. Lorsqu'ils s'immiscèrent dans le trafic urbain, elle contempla les immeubles plus hauts et attendit, patiemment, que Kensington Gate émergeât. L'endroit apparut enfin et la joie qu'elle éprouva en apercevant la bâtisse aussi digne qu'élégante que Charles désigna comme la « leur » fut presque incontrôlable. Elle voulut crier de bonheur, mais se contenta de lui serrer fort la main à la place.

Puis elle dut graduellement se rendre à l'évidence : ils entraient dans cette auguste demeure par la porte de service, dont Charles n'avait même pas la clé. Une grosse femme brune leur ouvrit, en souriant chaleureusement à Vera, mais pas à Charles. Tout en gravissant un escalier étroit jusqu'au dernier étage, Vera demanda, essoufflée : « Est-ce votre maison ? » en mettant involontairement l'accent sur le mot « votre ». Charles ouvrit une porte tout en haut des marches, et ils se retrouvèrent dans une petite mansarde, pourvue d'un lavabo dans un coin et d'une douche masquée par un rideau de plastique transparent. Il y avait un lit, un bureau, deux chaises. Une penderie. Un petit réfrigérateur. Une bouilloire. Fin de l'inventaire. Tout était bien rangé et propre, mais il n'y avait pas le moindre espace pour bouger. Et il régnait une chaleur étouffante.

Bien sûr, Vera pleura lorsque Charles lui dit qu'il n'était que le majordome de ce charmant manoir de Kensington. Bien entendu, elle lui pardonna lorsqu'il avoua qu'il n'en avait pas parlé dans ses lettres parce qu'il craignait qu'elle ne le prît pas au sérieux. Elle resterait quand même, dit-elle. Ils s'arrangeraient. Ayant fait tout ce chemin, elle ne voyait pas comment elle pourrait jamais retourner à Moscou, bien qu'à cet instant ce fût son plus cher désir. Pour cette première nuit, Charles lui céda le lit et dormit sur un futon déroulé sur le sol.

Charles se montrait trop insolent pour être un bon majordome. Son employeur était une star de heavy metal dénommé Wild Bobby Blunder ; cette maison était l'une de ses nombreuses résidences. Wild Bobby avait une épouse, Carol, raisonnablement jolie et boulimique, qui écrivait les paroles exubérantes de ses chansons et dirigeait leurs multiples foyers d'une main assurée de grande aristocrate victorienne. Ce qu'elle était très exactement, à cent ans près.

Les Blunder avaient des valets, des femmes de chambre, des cuisiniers, des nounous, des secrétaires. Carol tenait à jour des fiches détaillées sur chacun de leurs employés, n'omettant pas le moindre secret concernant leurs habitudes intimes, leurs goûts, tout ce qu'elle pouvait apprendre d'eux. Elle était à la tête d'un minuscule empire constitué de braves gens qui lui étaient asservis et sur lesquels rejaillissait la gloire inestimable de travailler pour le chanteur protéen des Red Trouts et sa petite famille. Carol était soupe au lait, capricieuse, cruelle même, mais jamais impolie. Ses « s'il vous plaît » et ses « merci » planaient, aiguilles glacées, entre deux airs, comme une pluie gelée.

Charles ne se rappelait pas pourquoi diable il était devenu majordome. Vera avait tenté de lui soutirer une explication, mais en vain. N'aurait-il pas pu faire des études, apprendre un métier, n'avait-il pas eu d'autre possibilité que d'acquérir cet étrange talent qui consistait à servir les riches ? Ne se sentait-il pas humilié, déshumanisé ? Charles sourit et rappela à Vera qu'eût-il été le propriétaire de cette vaste résidence, et non le majordome, elle aurait été très satisfaite de son sort. Vera accepta cette légère critique sans en faire un fromage. Elle se montra également réceptive aux premières étreintes particulièrement hésitantes de Charles. Peu de temps après son arrivée à Londres, ils se marièrent comme prévu. Ce fut un mariage civil. Les parents de Charles étaient morts et ses deux frères vivaient en Australie. Si bien que seuls quelques amis à lui se joignirent au couple pour une petite fête dans un pub après la mairie. Les Blunder leur offrirent deux allers-retours pour Calais en cadeau de mariage.

Charles était devenu une grosse épine dans le pied de Carol, bien avant que Vera n'entre en scène. Il était le majordome de Bobby depuis presque dix ans. Ce que savait Carol, bien qu'elle préférât l'ignorer, c'est que Bobby et Charles avaient exactement le même âge et qu'ils avaient été camarades de classe et même amis, à l'époque où ils étaient pensionnaires dans la même école très snob. Charles avait déjà pour habitude, en ces temps reculés, de plier les chemises de Bobby, et de lui faire sa valise à la veille de chaque départ en vacances scolaires. Ils étaient toujours restés en contact, et lorsque Bobby était devenu riche et célèbre, il avait offert à son vieux pote un boulot de majordome. Charles en avait éprouvé plus de joie que de reconnaissance.

Ses manières avec l'épouse de Bobby étaient tout sauf déférentes. Il se sentait parfaitement de taille à lui dire que son haleine n'était pas « des plus fraîches », ou que sa nouvelle coupe de cheveux de chez le dernier coiffeur en vogue la faisait ressembler à « un vampire sous stéroïdes ». Un soir qu'elle s'apprêtait à sortir pour se rendre à un gala de bienfaisance, sur son trente et un dans un fourreau lamé vert et or avec talons aiguilles assortis, Charles avait remarqué d'un ton glacé que ses tétons se devinaient sous le tissu, quelques bons centimètres trop bas par rapport à la coupe de la robe, et lui avait proposé de courir lui acheter un de ces merveilleux soutiens-gorge invisibles.

Mais Wild Bobby Blunder avait besoin de Charles. Dans ce fol univers instable créé de toutes pièces par la renommée et transfiguré par la drogue, Charles représentait, pour Bobby, une oasis de calme et de sagesse pratique. Il savait se débrouiller avec les vêtements, avec le téléphone, avec la nourriture et la boisson, même avec les drogues, ce qui donnait à Bobby la délicieuse impression d'être organisé et normal, et, pour ainsi dire, connecté avec le monde réel. Il adorait les commentaires sardoniques de Charles, tout spécialement quand ils s'adressaient à Carol. S'il avait eu la possibilité de virer Carol et de garder Charles, il l'aurait fait sans hésiter, et quel pied ç'aurait été…

Cependant, Carol fut la première à faire en sorte que son vœu se réalise, en utilisant Vera comme prétexte. Elle paya un détective privé afin qu'il effectue des recherches concernant la « véritable » histoire cachée derrière Liens d'Amour S. A., et découvrit qu'il existait des connexions clandestines, à l'échelle internationale, entre l'agence matrimoniale et la mafia russe. Ce fut suffisant pour convaincre Bobby que Charles devait les quitter ; ils ne pouvaient en aucun cas risquer leur sécurité ni celle de leurs enfants en permettant à Charles de demeurer leur employé. On lui demanda de partir, avec un préavis de trois semaines.

Le jeune couple mit à profit ce délai pour louer une maisonnette dans une banlieue calme et verdoyante appelée Cockfoster, à l'extrémité nord de la Piccadilly Line. Les économies de Charles suffirent tout juste à acquérir quelques meubles de base et une cuisine Ikea dont Vera put envoyer la photo à ses parents, comme preuve du succès matériel de son mariage. Puis vint la grande question : Que faire ?

Les tentatives de Charles pour trouver un emploi de majordome se soldèrent par une série d'échecs. La lettre de recommandation terriblement tiède qu'avait rédigée Carol ne provoqua que peu de propositions ; et lors des rares entretiens qu'il parvint à obtenir, ses airs supérieurs et ses réponses laconiques réduisirent à néant, en un rien de temps, les maigres chances qu'il avait de devenir majordome dans une nouvelle maison. Que pouvait-il faire d'autre ? Il répondit à des annonces pour un emploi de cuisinier, mais se heurta à des problèmes similaires. Après deux mois passés à dépenser le reste de ses économies, Charles renonça à sa quête désespérée et commença à toucher le chômage.

Vera était désorientée. Elle ne pouvait décemment pas enseigner l'anglais à Londres, avec son accent russe. Elle aurait pu, en revanche, enseigner le russe, mais l'idée d'avoir en face d'elle des adultes pour élèves la rendait timide. Elle avait trop d'énergie pour se contenter d'être femme au foyer et, de toute façon, elle ne pouvait pas se le permettre. Elle avait peu d'espoir de tomber enceinte, après sept avortements – forme très prisée du contrôle des naissances en Union soviétique. Il y avait eu des complications, et les médecins lui avaient conseillé de ne pas attendre de miracle. Charles était au courant et ne semblait pas affecté. Vu l'humeur flegmatique qui était la sienne, il ne semblait être affecté par rien.

Il aurait pu faire beaucoup pour rendre chaque jour leur intérieur plus vivable. Il aurait pu peindre les chambres, remplacer les carreaux fêlés dans la salle de bains, ajuster la porte d'entrée pour éviter qu'elle ne claque à chaque fois qu'elle se refermait. Il aurait même pu, comme Vera le lui avait suggéré, engager quelqu'un pour déplacer la chaudière capricieuse du grenier à la cuisine, afin d'éviter à Vera ces escalades incessantes.

Mais Charles était devenu un observateur désintéressé de son propre foyer. Il ne concentrait son attention que sur deux choses : leurs vêtements, qu'il pliait soigneusement et gardait impeccablement propres et repassés, et leur nourriture. Il préparait des petits festins multicolores plusieurs fois par jour et grossissait, grossissait, grossissait. À l'inverse de ce qu'elle avait prévu, lorsqu'elle s'était imaginée contrôlant les menus de son époux rondouillard, Vera se retrouvait à prendre des kilos elle aussi. Ses nouveaux habits anglais ne lui allaient déjà plus.

Durant son premier hiver à Londres, elle passa de longues et lentes journées dans leur maison à manger, regarder la télé, boire, fumer des joints. Leur vie sexuelle était excessivement barbante – même Vera le savait. Charles ne désirait pas grand-chose à part bien manger. Le soir du nouvel an, il reçut un coup de fil de Bobby lui souhaitant à lui et à sa « charmante dame russe une bonne et heureuse année ». Cela apporta un peu de couleur aux joues rebondies de Charles, mais l'espace d'un instant seulement. L'appel fut assez court.

Un jour, Vera découvrit qu'elle avait une marotte. Elle passait de longues heures chaque jour à étudier le plan détaillé des rues de Londres. Elle débuta par le A à Z du centre-ville, et lorsqu'il commença à tomber en miettes, elle se mit à étudier le gros volume englobant toute la capitale sous une couverture cartonnée. Elle lisait, étudiait et mémorisait les noms de toutes les rues, avenues, routes, carrefours, villas. Parfois elle demandait à Charles de l'aider à prononcer un nom correctement, mais pas trop souvent. Elle avait développé un goût féroce pour cette ville, même si, pour le moment, il se limitait aux deux dimensions du papier.

Elle ne fut pas longue à se confronter à la réalité. Elle acheta une carte de transport et se mit à explorer méticuleusement tous les recoins de Londres, jour après jour. Bientôt elle connut par cœur la succession des stations de métro sur chaque ligne, la plupart des itinéraires de bus, le nom des quartiers les plus reculés de la capitale. Elle n'était plus là en touriste ; elle était devenue une Londonienne passionnée et, quand arriva le printemps, elle connaissait la ville comme sa poche. Le plus étrange était que, lorsqu'elle venait à découvrir qu'une rue portant un nom anglais qu'elle trouvait carrément romantique se résumait en réalité à un alignement de taudis sinistres, elle n'était pas déçue. Elle parlait aux gens dans la rue, partout où elle allait, hommes, femmes, enfants. Certains hommes la prenaient pour une prostituée, mais lorsqu'elle cessa de porter ses vêtements provocants et apprit à vivre en jeans usés, ils arrêtèrent net de lui faire des avances.

Elle aimait mieux certains quartiers que d'autres. Son préféré était Camden, parce qu'il ne ressemblait en rien au Londres régalien qu'elle s'était imaginé, et parce qu'elle y passait inaperçue. Une affichette blanche dans une vitrine de Camden High Street attira son regard – « Recherche femme taxi. Aucune expérience nécessaire ». Elle posa sa candidature, mais se heurta immédiatement à un problème de taille : elle n'avait pas de voiture, et c'était l'une des conditions requises pour obtenir l'emploi. Charles avait été contraint de vendre sa vieille Ford Escort pour payer le loyer.

Cette nuit-là, Vera fit passer un mauvais quart d'heure à Charles. Elle n'avait pas été exigeante jusqu'alors, mais elle se sentait en droit d'attendre quelques efforts de sa part à lui pour faire en sorte que les choses avancent. Ne pouvait-il pas acheter une voiture ? Non, il ne pouvait pas. Et s'il contractait un emprunt ? Il ne bénéficiait pas de revenus réguliers, et ne pourrait donc pas le rembourser. Mais elle gagnerait de l'argent, elle, en faisant le taxi ! Ils ne pouvaient en aucun cas se reposer là-dessus.

« Espèce de connard d'Anglais incapable », dit Vera.

Puis elle s'empara d'un grand plat à service, que Charles venait juste de décorer avec art en y déposant sa dernière création, un curry vert de poisson, entouré de délicates feuilles de citron vert et de riz, et le balança de toutes ses forces dans l'évier de la cuisine. Tout le machin vert éclaboussa le plan de travail poisseux, le front luisant de Charles, et le sol crasseux de la cuisine.

Elle crut qu'il allait la frapper lorsqu'il fit un petit pas dans sa direction, mais Charles n'avait jamais frappé qui que ce soit, pas même Bobby le jour où, à l'école, il avait tourné en ridicule ses talents de trompettiste, certes médiocres, mais terriblement appliqués. « Garde ton haleine fétide pour tailler des pipes », avait-il lancé à Charles devant un parterre choisi de garçons particulièrement populaires, qui, suite à cette suggestion, avaient, chacun leur tour, exigé le petit traitement de faveur en question. Wild Bobby Blunder s'en souvenait, et il avait pris l'habitude de faire de fréquentes visites dans la mansarde de Charles – jusqu'à l'arrivée de Vera dans les lieux.

Charles tendit le bras vers le téléphone qui se trouvait derrière la tête blonde de Vera et composa le numéro de la résidence principale des Blunder à Londres. Sa voix était un peu moins mesurée que d'habitude lorsqu'il demanda à parler à Bobby, disant que c'était urgent. Vera entendit le hurlement que poussa le chanteur lorsque Charles lui demanda une voiture. Au bout d'un long moment d'argumentation soutenue à l'autre bout du fil, Charles raccrocha, satisfait.

Le lendemain matin, le chauffeur de Bobby livra une Vauxhall Cavalier noire qui avait appartenu pendant cinq ans à l'un des serviteurs de la famille Blunder. Charles et Vera furent autorisés à la garder. C'était un cadeau.

C'est ainsi que Vera devint chauffeur de minicab londonien. Elle fut très demandée – la majeure partie de la clientèle féminine de la compagnie réclamait ses services en utilisant le numéro de sa voiture : 07. Elle avait aussi une belle clientèle masculine. Elle était enfin capable de mettre en pratique sa connaissance presque parfaite de la géographie londonienne, ce qui lui procura un immense plaisir. Mais elle vivait, du coup, assez dangereusement, sillonnant les rues désertes, seule dans la nuit, dans toutes les directions, pour charger des passagers inconnus.

Dans la mesure où elle ne conduisait pas un taxi noir, il n'y avait pas de séparation entre elle et la banquette arrière. Il pouvait se passer un tas de choses dans son véhicule, tout pouvait arriver. Vera apprit à assurer sa sécurité en anticipant sur d'éventuels ennuis ; elle refusait le client, et par là même le prix de la course, si la personne avait l'air louche ou répugnant. Ça ne marchait pas à tous les coups.

Un jour, elle chargea un violeur patenté. Elle sut que

c'était un violeur tout simplement parce qu'il le lui dit, en glissant sa main tâtonnante à la recherche de sa poitrine sous la ceinture de sécurité. Il était deux heures de l'après-midi, dans la lumière gris acier de Londres. Quelque part dans les environs de Kentish Town. Vera enfonça la pédale de frein, contraignant une longue file de voitures klaxonnant à s'arrêter brutalement, se retourna vivement et envoya une gifle sonore en travers de l'immonde visage du bonhomme. En réalité, il n'était pas immonde du tout. Elle se remémora plus tard qu'il avait des traits particulièrement fins, à l'anglaise, et dégageait des effluves enivrants d'after-shave coûteux. Le parfum plana longtemps dans la voiture après que l'homme s'en fut éjecté à la hâte.

À la grande surprise de Vera, Charles ne semblait pas s'inquiéter pour elle. « Prends garde à toi et tout ira bien », lui dit-il lorsqu'elle rentra directement à la maison, toute tremblante, après cette rencontre. Il n'imaginait pas comment ils auraient pu s'en sortir sans l'argent qu'elle ramenait au foyer. Ses recettes devenaient de plus en plus élaborées, à mesure que les revenus de Vera augmentaient, permettant de payer des ingrédients de plus en plus chers, de plus en plus rares. Cependant, la cuisine demeurait le seul centre d'intérêt dans l'existence solitaire de Charles. Ses jours de membre actif de la société semblaient avoir pris fin.

Vera n'eut donc pas d'autre choix que de continuer

à écumer les rues de Londres dans sa Vauxhall noire. Un jour, elle conduisit un élégant couple de Russes, des touristes venus de Moscou, pour faire leur shopping. Elle se garda bien de montrer qu'elle les comprenait et se délecta à espionner leur querelle à propos du nombre de cadeaux qu'il leur restait à faire à leurs parents, et sur le motif plus délicat de savoir lequel d'entre eux avait les parents les plus sympathiques, méritant donc les présents les plus onéreux. La femme semblait avoir le dessus dans cette discussion, dans la mesure où ses parents à elle gardaient leurs enfants, tandis que ses parents à lui étaient des « parasites » ; elle cracha l'insulte d'un air dégoûté, « des parasites, des vraies sangsues ».

Vera les déposa à Bond Street, et se mit à penser à ses propres parents sur le chemin du retour vers Camden. Elle leur envoyait régulièrement des colis remplis de choses exquises, des vêtements chauds, et même de l'argent, mais elle savait que ce qu'ils désiraient vraiment, c'était qu'elle revienne. Elle se gara dans la première place venue, sortit la clé de contact, et sanglota.

À présent, elle était plantée là, hypnotisée par la flamme bleue de la chaudière, qui s'était déployée au maximum de sa hauteur et de sa largeur. La fichue chaudière ronflait comme tous les chiens de l'enfer, ce qui signifiait que Charles était en train de se faire couler un bain, parfumé à l'un de ses luxueux sels de bain. Le

Gianni Versace était son favori. Il adorait le parfum Versace Homme, et voulait toujours sentir la version féminine du Versace sur Vera. Non que cela les menât beaucoup plus loin qu'une vague petite caresse après un somptueux dîner. Mais quel genre de putain de vie menaient-ils ? voulut crier Vera en descendant de l'échelle.

La porte de la salle de bains était fermée, et Vera ne dérangeait jamais Charles pendant son rituel du soir. Mais, cette nuit-là, elle se sentait particulièrement seule. Elle fit tourner la poignée sans bruit. Il était là, son Anglais de mari, submergé par une épaisse montagne de bulles parfumées. Ses lunettes embuées la fixait d'un regard vide, posées sur le rebord de la fenêtre. Charles était à moitié aveugle sans ses verres, elle le savait. Mais sûrement pas assez aveugle pour ne pas voir sa propre érection jaillissant fermement hors de l'eau, ni assez vaniteux pour ne pas en admirer l'imposante majesté.

Vera referma la porte, aussi doucement qu'elle l'avait ouverte, retourna sur la pointe des pieds dans la cuisine et éclata de rire. La triste blague étant qu'elle n'avait jamais eu le plaisir, avant ce jour, de constater chez Charles pareil épanouissement.

Elle demanda à sa compagnie de taxi si elle pouvait travailler ce soir, malgré l'heure tardive et le fait qu'elle ne l'avait pas prévu. La chance lui sourit : en quelques minutes, elle se retrouva dans sa voiture, en route pour charger une passagère devant un pub de Highgate. Une certaine Mrs Baker, désirant se rendre à Knightsbridge.

Mrs Baker s'avéra n'être autre que Carol Blunder, déguisée sous son véritable nom. Elle ne reconnut pas Vera, aboya son adresse de Kensington Gate aussi poliment que son état d'ébriété avancé le lui permettait, et sombra aussitôt dans un profond sommeil sur la banquette arrière.

Vera étudiait les traits de Carol dans le rétroviseur à chaque fois qu'elle s'arrêtait près d'un lampadaire. Elle avait un petit visage pincé ce soir, à la manière de ces têtes réduites qu'elle avait vues un jour dans un dictionnaire d'anthropologie. Sa peau était très blanche, avec de larges auréoles rouges. Soudain, la tache de naissance secrète de Vera n'avait plus l'air si terrible en comparaison.

Elle conduisit tout en fluidité, d'une main experte, en se demandant pourquoi Carol ne s'était pas déplacée avec son chauffeur. Lorsqu'elle se gara devant son domicile, à trois heures du matin, Carol dormait à poings fermés. La maison était plongée dans l'obscurité.

Vera coupa le moteur et sortit. On rase gratis, décida-t-elle, puis elle souleva Carol, légère comme une plume, afin de l'extraire du véhicule. Elle venait juste de réussir à la maintenir debout contre la lourde porte, quand celle-ci s'ouvrit, laissant apparaître Wild Bobby vêtu du même pyjama en soie que celui de Charles (Bobby avait un jour commandé plusieurs douzaines de ce modèle et en avait donné quelques-uns à son majordome), les yeux brumeux, mais à jeun. Il reconnut Vera aussitôt. En fait, il la reconnut avant de reconnaître sa propre femme. Il n'était pas vraiment au courant pour Carol et la boisson ; elle parvenait en général à se débrouiller pour qu'il ne voie pas les résultats.

Ensemble, ils portèrent Carol dans la maison et la déposèrent en douceur sur l'énorme canapé de cuir. Vera expliqua la situation. Bobby chercha son argent, mais il n'avait pas de liquide sur lui. Le sac de Carol ne contenait rien à part un agenda électronique. Elle était paralysée par la stupeur de l'ivresse, complètement cuite. Il n'y avait aucun serviteur dans la maison, personne à qui demander de l'argent.

Bobby proposa de rédiger un chèque, mais Vera dit que ça n'avait pas d'importance, et se leva pour le quitter. Bobby lui dit qu'elle n'avait pas besoin de partir si vite. Elle dit que si. Non, asseyez-vous. Parlez-moi de Charles. Comment va-t-il ? Il me manque, vous savez. Et ses yeux délavés lui dire, là maintenant, vous pouvez être Charles. Soyez Charles.

Ce que les hommes de l'Ouest ignorent sur les femmes de l'Est, c'est qu'elles ne craignent pas de se fier à leurs instincts. Il y avait de la violence en Bobby cette nuit-là, mais Vera dit : Autant que vous le sachiez. Carol avait raison à propos de la mafia russe, mais elle n'avait pas idée de l'échelle à laquelle ça se joue. Charles et moi sommes responsables de comptes assez importants dans le show-biz. Vous êtes sur notre liste. C'est pour ça que je conduis la nuit. Je fais ma collecte. Carol s'en est occupée. Elle nous a promis cent mille, mais regardez dans quel état elle est. Alors, Bobby, faites-moi donc ce chèque. S'il vous plaît ? Ça devrait suffire pour les dix prochaines années. Qui sait, peut-être même que nous vous laisserons tranquille. Sinon, ces types sont impitoyables. Saviez-vous que l'une de vos nounous correspond depuis quelque temps avec un Ouzbek par l'intermédiaire de Liens d'Amour S. A. ?

Carol remua, gémit, ne s'éveilla pas. Wild Bobby Blunder, l'idole amorphe d'une foule d'adolescents frustes, fut pris de sueurs froides et rédigea le chèque. Une petite entaille dans l'un de ses nombreux comptes en banque.

Vera rentra chez elle dans le frémissement mauve d'un lever de soleil de début juin, lentement, tranquillement. Elle avait illégalement extorqué de l'argent par chantage à l'homme qui avait dérobé la dignité de son mari. Peu importe. Elle encouragerait Charles à écrire un livre de cuisine, et la chaudière finirait par quitter le grenier.

Le Ruban rose

1

« Si tu te convertis pour faire plaisir à ton Max adoré, tu perds ton temps. Il n'est même pas circoncis », dit Daniel Zohar. Il s'adressait à son reflet dans le miroir, s'efforçant de mesurer et d'améliorer l'intensité émotionnelle de sa propre voix – un instrument assez morne. Il ne fallait pas qu'il ait l'air trop concerné, ni trop détaché. Juste entre les deux.

Il aurait pu passer plus de temps sur les réglages fins, mais cette répétition – dont il espérait qu'elle serait la dernière – s'était plutôt bien passée. Il se sentait prêt à prononcer ces répliques face au public auquel elles étaient destinées – Monika – qui devait arriver d'une minute à l'autre pour sa leçon d'hébreu. Il était son professeur, et la préparait pour la conversion. Mais ce qu'il aurait vraiment désiré lui apprendre, c'est qu'elle s'était entichée de l'idée d'épouser un démon, un juif allemand cynique qui était pratiquement goy, et que lui, Daniel, l'aimait davantage qu'un type comme Max Kamenski pourrait jamais prétendre le faire. Il était prêt à le lui dire, mais il s'était déjà senti prêt avant ça, sans pour autant passer à l'acte. La part de lui-même qui continuait encore à prier, de temps à autre, avec une honnête ferveur, supplia Dieu de lui accorder aujourd'hui la force de dire ces mots à la jeune femme. Ou n'importe quoi d'autre. Le temps pressait – c'était sa dernière leçon avant son voyage à New York, où elle s'était inscrite pour suivre une conversion orthodoxe, supervisée non par un, mais par trois rabbins illustres. Daniel était hanté par un rêve récurrent – un cauchemar – mettant en scène la divine Monika *barbotant dans le* mikveh *avec trois barbus complètement nus.* Le rôle qu'il tenait dans le rêve n'était pas clair – il essayait de la sauver, comme d'une noyade, mais en même temps il se sentait obligé de participer à leur hilarité et de s'immerger lui aussi dans le bain rituel. Ce rêve laissait toujours un écho dans son esprit.

Il ajusta sa kippa bordeaux tricotée au crochet, la repoussant légèrement vers l'arrière de son crâne, pour la rendre moins visible. Il consulta sa montre : elle avait cinq minutes de retard. Ce n'était pas dans ses habitudes. Monika était toujours ponctuelle. Ses cahiers d'exercices étaient impeccablement propres, sa calligraphie en hébreu presque sans défauts. Étrangement, son écriture allemande n'était pas belle du tout. Elle traçait des lettres tordues, trop grosses et sans grâce, à peine lisibles.

Daniel décida qu'il était presque assez séduisant aujourd'hui pour la convaincre qu'ensemble ils formeraient un beau couple. Elle était, il est vrai, un peu plus grande que lui, mais ses boucles noires et épaisses rattrapaient les centimètres manquants. Il était également vrai que Max était plus grand que Monika, en dépit de son crâne chauve ridicule, mais quelle importance ? Daniel était plus jeune, son corps était un joyau de puissance musculaire, son visage… Il n'était pas à même d'en juger, mais il lui semblait que les femmes avaient tendance à lui sourire beaucoup, qu'elles aimaient laisser courir leurs doigts sur sa large mâchoire, l'embrasser sans retenue. Les Allemandes adoraient ses longs cils, et Daniel n'en était pas surpris ; les Allemands, eux, avaient les yeux nus, des visages plats, des lèvres inflexibles. Peut-être était-ce la raison pour laquelle la star de ses élèves était tombée amoureuse de Max, dont les lèvres étaient pleines et élastiques, s'incurvant vers le haut ou vers le bas, en sourires ou en grimaces comme une paire de petits serpents dodus. Daniel lui révélerait qu'il était absolument inutile qu'elle devienne juive pour l'amour d'un intellectuel arrogant et cynique de la trempe de Max, qui doutait de tout, et en particulier de ses sentiments pour les femmes.

Monika ne manquerait pas de noter qu'aujourd'hui il était mieux vêtu que d'habitude. Daniel avait décidé d'imiter le style de Max : décontracté mais jamais négligé. Visiblement, elle appréciait beaucoup ce genre de détails, et ne sortirait jamais avec un homme habillé comme un macho israélien d'importation. Même si Daniel ne pouvait s'empêcher d'en être un au fond, il s'arrangeait pour que ça ne se voie pas trop. Les signes distinctifs du para israélien dépourvu d'uniforme sont difficiles à masquer, mais Daniel était également licencié d'histoire allemande, et en passe de terminer son doctorat à l'université de Hambourg. Un homme robuste et sain d'Europe de l'Est dans la coquille d'un Européen. Pourquoi cela aurait-il été moins attirant aux yeux de Monika que la version diluée du juif d'Europe centrale que Max offrait avec sa voix plaintive et ses paupières tombantes ?

Il envisageait de se relaver les dents lorsque la sonnette retentit enfin. Daniel ouvrit la porte à une Monika au bord des larmes. Elle était plantée là, serrant son sac dans ses bras comme une écolière. Soudain, elle eut l'air beaucoup plus petite que lui. Il lui toucha le bras et elle s'écroula contre son épaule en sanglotant pour une raison qu'il ignorait encore. Lorsqu'elle la lui révéla, le petit discours qu'il avait préparé lui vint spontanément aux lèvres, et personne n'aurait pu deviner qu'il l'avait répété un million de fois.

L'histoire de Monika Mitgang était simple. Elle était tombée un beau jour sur le premier roman de Max Kamenski, dans la librairie de Hambourg où elle travaillait, et la puissance de sa narration lui avait coupé le souffle. Le roman de Max était un genre de saga urbaine peuplée de juifs, d'Allemands, d'Israéliens, d'Européens de l'Est, d'Américains – tous aussi sournois, démoniaques, trompeurs et déloyaux les uns que les autres. Ils proféraient des répliques acerbes, se faisaient subir d'affreux traitements et semblaient avoir été créés par un auteur qui ne les aimait pas. Pourtant, Monika sentait qu'il les aimait, et lorsqu'elle le rencontra à une soirée de signatures, elle le lui dit.

Max fut amusé, mais ne l'invita pas pour autant à sortir, un de ces soirs, si ça vous dit. Elle ressemblait, à ses yeux, à toutes les femmes qu'il avait eues : blonde, mince, superbe, à jambes longues et yeux bleus pleins d'admiration pour ses considérations au vitriol sur les juifs et les Allemands. Il sut, dès la première minute, qu'elle serait le genre de fille à rire de ses blagues stupides sans être jamais capable de blaguer elle-même. Elle arrangerait son existence en suivant pieusement les contours de ses besoins à lui, en trouvant ça excitant par-dessus le marché. Ils s'éclateraient au lit, mais dans un délai de, disons, six mois, l'ennui s'installerait. La culpabilité et/ou le devoir prévaudrait durant encore six autres mois, au terme desquels il devrait se débarrasser d'elle comme d'un chewing-gum qui se serait collé dans ses cheveux. Non qu'il eût des cheveux dignes d'une telle métaphore, mais elle fonctionnait néanmoins.

Ils finirent tout de même par se rencontrer, pour de vrai, dans des circonstances très inattendues. Max n'était pas seulement écrivain. Il se mêlait aussi de photo. Pour sa nouvelle série de bustes nus encadrés dans d'immenses fenêtres ornementales, Max avait besoin de modèles. Monika vit l'annonce fantaisiste dans un journal local, et reconnut la formulation, tirée d'un des romans de Max. Elle disait : « Photographe amateur recherche modèle féminin assez grand pour remplir fenêtre ».

Lorsqu'elle lui téléphona, Max fut très impressionné qu'elle ait identifié la citation ; dans son roman, intitulé *Encadrée*, un peintre juif débauché du Berlin de Weimar rédige une annonce pour trouver un modèle féminin dans des termes exactement identiques. Il l'engagea, bien entendu. Il l'aurait fait de toute façon : le corps de Monika était bâti pour être célébré par n'importe quelle forme d'art pictural. Elle demeura silencieuse pendant les prises de vue, mais jacassa comme une pie après ça, au lit. Puis elle redevint silencieuse lorsqu'ils sortirent dîner dans un restaurant turc près de chez lui, avant de reprendre son babillage dans le petit appartement qu'elle habitait et où ils finirent cette longue première journée et la nuit qui suivit.

Max découvrit qu'il avait un appétit considérable

pour la conversation de Monika, ainsi que pour ses silences. Être avec elle n'avait rien de mal, ni de fortuit, ni de calculé. Il se sentait béni des dieux lorsqu'elle le serrait dans ses bras, il était heureux lorsqu'ils étaient ensemble, seuls ou avec d'autres gens. Monika lui dit que c'était ça l'amour, et il la crut.

Ce qu'il ne croyait pas, en revanche, c'était qu'ils auraient dû, pour autant, faire des plans d'avenir. Max ne pensait jamais à l'avenir, parce que ça lui faisait peur. La seule chose qui lui faisait encore plus peur était le passé. À trente-six ans, il avait consacré la majeure partie de sa vie consciente à tenter de déchiffrer la signification d'événements qui s'étaient déroulés longtemps avant sa naissance. Cette approche ne laissait pas la moindre place pour assumer la responsabilité de ce qui arriverait dans les années qui lui restaient à vivre.

Il fallut quatre ans à Monika pour saisir totalement la profondeur de la névrose de Max. Par exemple, tous les matins à sept heures, Max devait fuir, dans un genre très cendrillonesque, la présence des êtres, même les plus chers, pour retourner dans son appartement, afin de pouvoir se mettre au travail ; et si Monika passait la nuit chez lui, elle se faisait réveiller à sept heures, en douceur, et ramener chez elle en taxi. L'idée de partager un petit déjeuner tranquille, ou, Dieu l'en préserve, de gâcher toute une matinée sans pouvoir écrire une ligne, tenait de l'anathème pour Max. Non qu'il fût un auteur particulièrement prolifique. Il peinait sur ses manuscrits comme un vieux scribe juif, s'enflant et soufflant, avant de les mettre en pièces. Son roman était un volume léger d'environ deux cents pages. Il avait mis neuf ans à l'écrire.

La conversion n'était pas une idée de Max. Monika annonça son choix, comme une décision qu'elle avait prise et qui ne souffrait pas la discussion. Elle avait été voir le rabbin Krauthammer, dit-elle à Max.

« Et alors ?

– Alors… il me conseillera, mais il refuse de se charger de la conversion. Il a dit que tu… »

L'intérêt de Max fut soudain éveillé. L'un des personnages secondaires d'*Encadrée* était un rabbin polonais qui revient en Allemagne après la guerre à la recherche de la mère invalide d'un de ses tortionnaires nazis. Max avait emprunté à Krauthammer certaines caractéristiques (maigreur, ossature frêle, barbe rousse et fournie, accent prononcé qui ignorait l'*umlaut* germanique), tout en laissant de côté son histoire personnelle.

L'histoire de Krauthammer était bien différente. Il avait passé la guerre en Amérique, pas à Auschwitz, et mourait d'impatience en attendant la fin des hostilités. À son retour, il se serait installé en Pologne, s'il n'avait pas été accueilli par un pogrom d'après-guerre à Kielce, sa ville natale. Un vieil ami l'invita à Hambourg, où il devint peu à peu le chef de file d'une petite communauté à la dérive. Max n'était définitivement et explicitement pas un membre du clan Krauthammer, bien qu'il fût le jeune juif le plus célèbre d'Allemagne. Alors qu'avait-il dit ce brave rabbi à la petite Monika sur son bon Max ?

« Il a dit que tu devras aller à la synagogue avec moi tous les *shabbats*. Il a dit que tu devras apprendre l'hébreu, et étudier tous les textes que j'étudierai, pour que nous puissions, dans les règles faire un vrai... »

Elle s'interrompit. Elle n'avait pas prévu d'en dire si long. Max exploserait.

Mais il n'explosa pas. Il se contenta de rire, comme si Krauthammer lui avait fait une très bonne blague. Et, voyant une expression contrite se peindre sur le visage de Monika, il accepta de suivre avec elle des cours d'hébreu dispensés par le jeune Daniel Zohar.

Max avait assisté en tout et pour tout à deux de ces leçons – ce qui était suffisant pour distinguer, grâce à ce qu'il appelait son « sixième sens d'écrivain », le fil rouge de l'intrigue qui s'y développerait : Daniel tomberait amoureux de Monika, et, tôt ou tard, il tenterait de la séduire dans un élan de compétitivité suffisante, infantile et typiquement israélienne. Mais au lieu d'essayer de faire barrage à cette aventure, en convainquant, par exemple, Monika de trouver un autre professeur d'hébreu, il se retira entièrement du jeu. Il laissa Monika libre de son choix.

C'était deux ans plus tôt. À cette époque, Monika voyait Daniel une fois par semaine. Max avait raison : Daniel lui vouait visiblement une passion obsessionnelle. Si elle annulait un cours parce qu'elle ne se sentait pas bien, il venait lui rendre visite pour lui apporter une cassette d'hébreu et des fleurs. À chaque fois qu'elle mentionnait le nom de Max, au détour d'une phrase, il grimaçait imperceptiblement et disait quelque chose de *très gentil* sur lui : Max est un excellent écrivain, il mériterait d'être plus célèbre. Ou, après qu'ils eurent été nager tous les trois : Max a dû avoir une sacrée crinière dans sa jeunesse, à en juger par la toison qu'il a sur la poitrine et sur le dos. Ou encore : Max fait tant d'efforts pour être un écrivain juif ; dommage qu'il ne soit pas resté au cours d'hébreu, il aurait pu apprendre à parler couramment et, qui sait, partir habiter en Israël.

Cette dernière réplique avait été l'une des favorites de Daniel jusqu'au jour où il s'était rendu compte que lui-même devrait rentrer en Israël très bientôt. Il avait passé plusieurs années à Hambourg, partageant son temps entre sa thèse sur Martin Luther et quelques missions de sécurité dont il ne pouvait discuter – même avec Monika, qui était devenue une amie proche, si ce n'est davantage. Jusqu'à aujourd'hui…

Elle était tout bonnement en train de *pleurer sur son épaule*, en gémissant quelque chose à propos de Max, de New York et de Krauthammer. Daniel était aux anges. Non pas parce qu'elle était malheureuse, mais parce qu'elle se confiait à lui.

« C'est fini, sanglota-t-elle, Max ne vient pas avec moi. Et c'est à cause de Krau... C'est à cause de Krauthammer. »

Daniel était interloqué. Qu'est-ce qui est fini ? La conversion ? Le mariage ? Pour ce qu'il en savait, il n'en avait encore jamais été question.

Monika essuya son nez humide au dos de sa main, qu'elle enfouit aussitôt après dans les plis du sweat-shirt de Daniel – très, très près de son cœur, qui battait sauvagement.

Elle prit une profonde inspiration. Max, expliqua-t-elle, refusait de l'accompagner à New York, comme ils l'avaient prévu, parce que le rabbin Krauthammer avait dit à Max qu'il allait le bannir de sa synagogue, et tenterait même de l'excommunier, *à la Spinoza*.

Pourquoi ?

À cause de l'article que Max avait écrit dans le magazine *Sieben Tage*. Daniel l'avait-il lu ?

Apparemment, Max avait de nouveau lancé une des salves éloquentes dont il avait le secret contre les juifs et les Allemands, mais cette fois il était allé trop loin. Même Monika était de cet avis. Il avait écrit qu'un rabbin hambourgeois très en vue avait pour habitude de fréquenter certains établissements du Reeperbahn, réputés pour leurs prostituées israéliennes. Le papier de

Max était laudateur, pas critique. Il complimentait le rabbin pour sa compréhension réaliste des besoins humains et pour son approche originale et libérale de la cause sioniste. De l'avis de Max, le rabbin en question avait pour seul but de pourvoir au bien-être de ces jeunes expatriées et de les aider à retourner en Terre promise, quand elles seraient prêtes à accomplir le voyage. Ses critiques et sa colère s'abattaient sur le gouvernement allemand, qui refusait à ces jeunes femmes le statut de réfugiées politiques (nombre d'entre elles étaient des immigrantes russes à destination d'Israël, qui avaient été rejetées comme non-juives par les autorités religieuses, et se voyaient dénier jusqu'au droit d'être enterrées là-bas), ainsi que contre ces femmes elles-mêmes, qui refusaient d'apprendre l'allemand et de prendre des clients allemands.

Daniel était désorienté. Où était le problème, exactement ?

Monika se redressa légèrement, sans retirer sa main du creux brûlant près de l'aisselle de Daniel.

« Tu ne comprends donc rien ? Max est furieux parce que : a), il n'a pas accès à ces putes, et – je ne sais pourquoi – ça le navre. Elles pensent qu'il est cent pour cent allemand. Et b), la riposte de Krauthammer est un coup fatal. Maintenant, il ne veut plus du tout être juif. Il fait une crise. Et j'en ai ras le bol de son égoïsme infantile, de ses habitudes débiles, de tout son merdier juif... »

Elle sursauta soudain, laissant un halo glacé là où sa main avait si agréablement reposé. Sa voix, prête à partir dans un dernier assaut désespéré contre Max, abandonna le ton proche de l'hystérie qui l'avait étranglée, témoignant d'une maîtrise de soi impressionnante. Elle se rendit compte qu'elle avait parlé à Daniel sans vraiment le voir, comme elle l'avait toujours fait. Mais à présent, elle ne pouvait plus éviter son regard tandis qu'il lui prenait les mains, l'attirait sur le canapé et lui disait calmement :

« Si tu te convertis pour faire plaisir à ton Max adoré, tu perds ton temps. Il n'est même pas circoncis. » Puis, après une pause : « Oublie New York. Oublie Max. Viens en Israël avec moi. Tu te convertiras là-bas, c'est du gâteau, et nous nous marierons. Ce sera du gâteau aussi, si tu m'aimes un tout petit peu. »

Daniel n'aurait jamais marmonné cette dernière phrase s'il ne s'était pas rappelé un millier d'occasions par le passé où Monika avait semblé beaucoup plus à l'aise avec lui qu'elle ne l'avait jamais été avec Max. À présent, il attendait son verdict. Il n'aurait pas dû s'en faire. Max avait déjà prévu cette scène dans tous ses détails, et avait informé Monika, avant qu'elle ne claque la porte de son appartement le matin même, que, dans la mesure où elle nourrissait une haine typiquement allemande d'elle-même et avait besoin de se faire baiser par un juif, Daniel ferait parfaitement l'affaire. Puis, d'un ton plus doux : « Pardon. J'ai exagéré. Mais je crois qu'il est fou de toi. Donne-lui une chance. » C'est ce qu'elle fit, et ce fut pas mal du tout. Le pénis ébourgeonné de Daniel lui donna la sensation d'être une véritable petite mariée juive, ce qu'elle allait bientôt devenir. Et il la surprit, agréablement, en faisant preuve d'un humour postcoïtal extrêmement développé. Monika adora le fantasme qu'il avait d'elle barbotant dans le *mikveh* avec une bande de rabbins, et l'adora encore plus de ne pas avoir mentionné sa propre présence dans ce joyeux tableau. Max n'aurait pas manqué de placer son ego moqueur au centre d'une scène pareille. Il aurait montré son cul aux rabbins, puis les aurait fait bisquer avec sa queue non circoncise (mais ouh splendide). Qu'il aille au diable. Elle partirait en Israël.

2

Elle se tenait debout, nue, derrière les volets de bois craquelés, à l'abri des regards, seule. Elle avait laissé la maison se détériorer durant l'absence de Daniel, permis à la poussière et au sable de se glisser à l'intérieur et de s'incruster partout, parce qu'elle n'avait pas fermé les fenêtres pendant les tempêtes de sable. Elle aurait aimé sentir un voile de sueur salée entre sa peau et le verre sale de la fenêtre du balcon, mais la moindre surface était brûlante au toucher, même le verre, même le bois. Chaud et sec, pas chaud et humide.

À travers les espaces séparant les lattes de bois écaillées, elle apercevait le paysage monotone dessiné par les toits plats, d'un blanc crasseux de suie, et les antennes de télévision. Des chauffe-eau solaires cylindriques derrière une armée de boucliers anguleux et scintillants, à demi masqués par les paraboles du satellite, rompaient l'ennui de la vue abrutie de chaleur. Elle aurait aimé pouvoir au moins sentir la mer de là où elle était, mais ce n'était pas Tel-Aviv (où elle aurait aimé être). C'était Beer Sheva – ils avaient été contraints d'y emménager à cause du poste de Daniel à l'université. C'était le désert, et elle détestait ça.

Leur première année en Israël avait été une tranche de paradis méditerranéen. Le mariage s'était rapidement changé en souvenir brumeux, un machin plein de satin blanc où elle s'était sentie à la fois fêtée et très, très étrangère. Ils avaient loué un minuscule appartement dans une rue donnant sur Dizengoff, à cinq minutes de la plage, où elle était libre de perdre sa journée pendant que Daniel continuait à travailler sur sa thèse. Elle avait emporté ses économies avec elle, et ne voulait rien faire d'autre que se vautrer dans la chaleur rouge et la lumière crue de sa nouvelle patrie, baignant dans le soleil et les attentions pleines de sous-entendus de multiples sosies de Daniel.

Monika ne répondait pas à leurs avances, mais appréciait grandement la sensation nouvelle de savoir qu'elle plaisait, de manière fruste et directe, uniquement à cause de son apparence renversante. Tous ces types bruns, souriants, rudes, avaient l'air de la désirer, et ça lui allait parfaitement bien – du moment qu'ils restaient à bonne distance de sa serviette de bain. Elle étirait ses longs membres de ce côté, puis de l'autre, caressait son corps complaisamment sous prétexte d'y appliquer de la crème solaire, tournait les paumes rose pâle de ses mains vers le ciel pour bien mettre en valeur le contraste avec le reste de sa peau bronzée. Elle avait l'air, elle en était consciente, d'une touriste scandinave, et adorait quand les indigènes s'adressaient à elle dans leur anglais tordant *(« You like Israeli bitch*[1] *? »)* – auquel elle répondait, avec un très léger accent, mais dans un hébreu courant : *« Ata mastir li et hashemesh. »* (Tu me caches le soleil.)

De temps en temps, Daniel faisait une pause dans son écriture et la rejoignait. Il aimait la surprendre en jetant du sable chaud, tout doucement, contre la plante rose de ses pieds, jusqu'à ce qu'elle s'aperçoive de sa présence et se redresse. Les fiers-à-bras qui tournaient

1. Mal prononcé, *beach* (plage) devient *bitch* (putain). *(N.d.T.)*

autour d'elle regardaient Daniel avec envie, quand ils constataient l'affection sans partage de Monika. Assez rapidement, elle parvint à accéder sur la plage au statut de beauté venue d'ailleurs, intouchable, douée d'une maîtrise mystérieusement parfaite de l'hébreu et d'un authentique mari israélien. De temps en temps, elle rencontrait des touristes allemands. Elle écoutait leur parler familier, surtout quand ils étaient du Nord, et se laissait envahir par le mal du pays et le regret de la vie si simple qu'elle aurait pu avoir si elle n'avait pas rencontré Max. Mais lorsqu'ils se piquaient de la considérer comme l'une des leurs, elle se sentait distante, comme si elle n'avait jamais connu la précision efficace et grise de leur ville natale, et qu'elle était en réalité issue de ce Moyen-Orient chaotique, agressif, bordélique et brûlant.

Elle passait les matinées et les après-midi à la plage, les siestes d'après déjeuner et les nuits à la maison. Daniel était toujours prêt pour elle, comme si les années passées à l'aimer en dépit de l'amour qu'elle éprouvait pour Max avaient constitué en lui des réserves illimitées de désir. Monika n'était pas une amante rétive, mais ils savaient tous deux que leur mariage manquait de mordant, était trop serein, trop lisse. Un minuscule soupçon de colère, de doute ou même de haine aurait été nécessaire à déranger ce bel équilibre. Le dévouement de Monika pour Daniel était l'expression d'une tendre amitié ; l'amour qu'il lui portait était la passion d'une vie enfin libérée, comme une tulipe qui éclôt dans toute sa hauteur, dans toute sa couleur, après un long hiver passé dans la terre gelée.

Cet interlude de pure félicité fut brisé, comme un sort, le jour où Daniel rentra à la maison porteur de ce qu'il croyait être une excellente nouvelle : sa première offre d'emploi sérieuse.

« Mais ça voudrait dire aller vivre à Beer Sheva, dit Monika d'un ton incrédule.

– Beer Sheva n'est pas si mal. La chaleur est plus facile à supporter, pas si humide. Nous pourrons acheter un bel appartement, plus grand que celui-ci, avoir un bébé… » Daniel était parfaitement satisfait par cette perspective. Ils trouveraient un petit boulot à Monika, elle serait exactement aussi heureuse qu'elle l'était à Tel-Aviv.

Ils déménagèrent donc et, aussitôt, Daniel trouva ses marques dans cette nouvelle vie : il enseignait, écrivait des articles, et rejoignit même un groupe excentrique d'anarchistes du cru. Mais pour Monika, il n'y avait rien. Pas de mer pour la distraire de sa vie réelle. Pas d'amis, pas le moindre dragueur de plage imbécile. Rien à faire à part attendre Daniel. La ville elle-même était stérile, sans l'étincelle scintillante de l'eau pour adoucir sa sécheresse poudreuse. Puis vint la guerre.

Monika s'abandonna à une vie enchantée en Israël,

oublieuse des tensions et des drames que subissait le pays. Elle ne lisait pas les journaux, ni ne regardait les informations. De son point de vue, la guerre dans le Nord n'était qu'une toile de fond, plus acoustique que visuelle. Une tempête lointaine. Les avions militaires, en route pour la frontière septentrionale et parfois au-delà, violaient l'innocence du ciel méditerranéen, à des intervalles de plus en plus fréquents. Les bombes explosaient ailleurs ; principalement sur l'écran de télé.

Lorsque ce fut le tour de Daniel de rejoindre son unité de combat, elle fut choquée. Comment une chose aussi absurde qu'une guerre, une vraie guerre, pouvait-elle intervenir dans sa propre vie ?

« Tu es très puérile, dit Daniel agacé et impatient. Ce n'est pas comme si je voulais te quitter ou te faire du mal. Je suis contre cette guerre, tu le sais ? Je suis *obligé* de partir. »

Elle aurait voulu lui dire qu'elle avait besoin de temps pour s'habituer à ce mode de vie si particulier, qu'elle ne pouvait se représenter son tendre Daniel, son historien, en train de sauter d'un avion pour envahir le territoire ennemi. Ou même pour défendre le sien. Mais il était déjà empaqueté dans son uniforme de para, béret rouge, bottes rouges et tout, mitraillette et sac à dos à la main. Leur dernier baiser fut entaché de la petite pointe de colère dont ils avaient désespérément attendu la venue, comme un sceau de réalité apposé à leur union. Elle ne le revit jamais.

C'était il y a trois mois. Lorsqu'ils lui apprirent la mort stupide de Daniel – l'hélicoptère qui devait le transporter jusqu'à la base s'était écrasé, sans raison apparente –, elle ne put même pas pleurer. Du jour au lendemain, elle devint le centre d'attention et l'objet d'une sollicitude sincère pour tous ses proches : la famille de Daniel, ses parents à elle, des amis et des collègues de Daniel – tout le monde voulait l'« héberger quelque temps » et l'aider à faire son deuil.

Mais Monika désirait qu'on la laisse tranquille. À présent que Daniel était parti, elle sentait sa présence partout. Dans le lit vide et sec, dans les rues balayées par le sable de cette ville anguleuse, et aussi, finalement, dans son âme abandonnée. Le désert, qu'elle trouvait soudain étrangement apaisant, était l'endroit parfait pour enterrer son chagrin. Daniel avait disparu de sa vie comme une ombre, la laissant engourdie, hébétée. La laissant sur sa faim, hurlant famine.

3

L'université lui proposa un poste comme professeur d'allemand, mais Monika refusa. Elle ne pouvait retourner à une vie de papier, se cacher derrière les livres, les institutions académiques et les diplômes méritoires. Au lieu de ça, elle choisit de mener l'existence d'une apprentie coiffeuse, à balayer les boucles qui tombaient sous les pieds de Jacques. Il ne savait rien d'elle, n'était pas désolée pour elle, semblait à peine la voir.

Jacques, génie autoproclamé à l'exubérance sans limites, espérait faire son trou dans un grand salon parisien de la rue Saint-Honoré. Monika adorait le voir à l'œuvre. Les femmes – mères, filles – fermaient les yeux lorsqu'il appuyait leur nuque tout contre son pubis s'il en avait envie, se penchant par-dessus leurs cheveux mouillés comme un sculpteur sur ses têtes d'argile. Elles ne lui disent jamais ce qu'elles veulent, remarqua-t-elle ; elles savent qu'il n'écouterait pas. Il portait des salopettes blanches sur son corps magnifique d'ambre foncé, des salopettes blanches et rien d'autre, à même la peau. Il jurait, suait, buvait de l'arak. Tout ça lui manquera à Paris, si un jour il y arrive. Et la guerre, se dit-elle un jour, la guerre poursuivait son ronron infernal, se fondant avec la rythmique de la musique jaillissant de sa chaîne, assourdissante, répétitive, électrifiante.

Monika arriva très tôt un matin, dans l'espoir d'échapper à la chaleur. Elle trouva le cachot stylisé de Jacques ouvert. Il n'y avait là que Ahmed, l'homme de ménage, qui nettoyait le sol en pierre à l'aide d'une serpillière dégoulinant. Ils se saluèrent d'un signe de tête, mais n'échangèrent pas un mot. Même dans cet espace réduit, Ahmed trouvait le moyen de se rendre invisible, de se retirer dans un coin. De temps à autre, Monika sentait une paire d'yeux sur elle, un regard fixe mais vide, exprimant un mélange d'admiration et d'autre chose ; de haine, peut-être.

Bras luisants et musculeux, dos et poitrine larges, silence. Mais Monika savait, parce que Jacques le lui avait dit, que Ahmed était en fait une femme, une Bédouine. Se noyer dans la ville et troquer son identité contre celle d'un homme était le seul moyen qu'elle avait trouvé pour échapper à un mari violent. « Elle veut oublier qu'elle a été une femme, lui avait-il dit, ajoutant, avec un méchant sourire, mais n'êtes-vous pas toutes dans le même cas ? » Une femme a-t-elle besoin d'autre chose que de la force contenue dans les bras d'Ahmed pour se défendre ? pensa Monika.

Elle était fatiguée, bien que la journée fût à peine commencée. Ses pieds étaient lourds, comme si elle avait porté un poids énorme. La foule adulatrice des clientes de Jacques commencerait à affluer bientôt. Il attacherait ses doigts tachés de nicotine comme des aimants à leurs cheveux, les touchant comme un amant – émoi de substitution pour elles, provocation pure pour Monika. Soudain elle sut qu'elle ne pourrait passer une seconde de plus à balayer des touffes de cheveux bruns bouclés, à écouter les rires sous la douchette et les papotages de linottes, à regarder le reflet dégoutant d'autosatisfaction de Jacques dans le miroir. Elle s'écroula dans le fauteuil le plus proche, et laissa son corps s'amollir, les yeux brûlants.

« Tu ne devrais pas mettre tant de maquillage, lui murmura soudain Ahmed à l'oreille. Fais comme nous, bourre-toi les yeux de khôl noir, et laisse tes larmes faire le reste. Un cadre noir, c'est ça qu'il te faut. »

Monika rouvrit les yeux et contempla, hypnotisée, l'énorme bras vigoureux d'Ahmed se couler sous son crâne pour l'envelopper tendrement. Elle s'effondra au premier contact de la peau rêche de la Bédouine contre la sienne, et libéra tout le chagrin qu'elle avait retenu si longtemps : chagrin pour Daniel, et pour Max, pour elle, même pour Ahmed, qui la berça si gentiment, comme un bébé, jusqu'à ce que ses yeux fussent à nouveau secs, et sa force restaurée.

À l'heure où Jacques arriva, elle était déjà partie. Il n'était que huit heures du matin, mais le soleil attaquait déjà la ville, et le désert alentour, comme un incendiaire fou. Même le soleil est fanatique dans cet endroit dément, pensa-t-elle. Mais elle savait qu'elle pourrait le supporter – à condition de déménager pour retourner au bord de la mer.

4

Il faut dire, pour mémoire, que Max avait non seulement prédit la fuite en Israël de Monika avec Daniel, mais aussi son veuvage. Cela n'exigeait pas un talent consommé de médium, mais une capacité moyenne à raconter une histoire raisonnablement bonne, combinée à une connaissance bien étayée de la vie politique israélienne, et de ses probables retombées tragiques sur les vies de jeunes hommes comme Daniel Zohar.

Ce que Max n'avait pas prévu, c'était que Monika tomberait enceinte. Il n'est pas évident de comprendre pourquoi, mais la vérité est que pour une raison que son analyste aurait été plus à même de percevoir – si toutefois il en avait eu un –, Max n'avait pas inclus ce paramètre dans ses calculs mentaux, et fut pris par surprise lorsque le rabbin Krauthammer vint sonner à sa porte un dimanche pour le lui annoncer.

Krauthammer n'avait pas ostracisé Max à la suite de l'affaire du Reeperbahn. Au lieu de ça, il l'avait présenté aux « filles », et une forme particulière d'amitié était née entre eux. « Herr Kamenski », comme les prostituées israéliennes aimaient à l'appeler, devint un habitué doublé d'une sorte de porte-parole et de défenseur de leur situation lorsqu'elles avaient des ennuis avec telle ou telle autorité. Krauthammer disait de lui qu'il était un « maquereau intellectuel », et ne se lassait pas de le taquiner concernant sa judaïté à rebours, sa religiosité anémique. L'une des filles, la jolie Tamar de Natanya au délicieux strabisme, devint le sujet du nouveau roman de Max qui, en échange, devint l'objet occasionnel des attentions de la jeune prostituée. À tel point qu'elle parvint à le persuader que le rabbin Krauthammer avait raison : il devait se faire circoncire.

Krauthammer avait refusé de convertir Monika, sur la base du principe qu'il ne « faisait pas de conversions », mais il était tout à fait disposé à assister Max dans ce douloureux rituel. Il s'arrangea pour faire venir un célèbre *mohel* de Londres, et, s'étant également adjoint les forces d'un chirurgien local de quelque renom, il déclara Max fils d'Abraham. Max maudit ses parents agnostiques de ne pas lui avoir fait subir ça quand il n'avait que huit jours. Mais lorsqu'il émergea de sa pâmoison, bandé et légèrement groggy, il se retrouva face à face avec les visages réjouis de Tamar et de ses amies, et se sentit profondément, autant qu'inexplicablement, heureux. Il ne comprenait pas en quoi l'absence de prépuce le rendrait moins enclin à l'angoisse existentielle, mais ce fut pourtant le cas.

Un regard vers le bas lui permit de constater que son bandage avait été noué comme un ruban et qu'il était de couleur rose ; il avait été emballé comme un cadeau.

Les filles, l'air légèrement coupable, éclatèrent de rire, imitées par Krauthammer. La prochaine visite de Max au Reeperbahn promettait d'être merveilleusement expérimentale.

Mais tout ça, c'était du passé. Au bout de quelques mois, la nouveauté fit place à l'habitude et Max devint un juif circoncis comme un autre. Lui et Krauthammer se voyaient tous les dimanches pour le thé, parlaient un peu des juifs et de l'Allemagne, et parfois aussi du reste du monde. Mais la plupart du temps, ils restaient assis l'un à côté de l'autre, dans l'élégant salon aux bibliothèques bien garnies de Max et regardaient les matchs de football.

Krauthammer se refusait à lui annoncer la nouvelle d'une manière qui aurait pu être interprétée à tort comme ayant plus de portée qu'elle n'en avait. Si bien qu'il se contenta de dire d'un ton neutre : « Les parents de Monika m'ont dit que tout se passe bien. Le bébé devrait naître le mois prochain. »

Max réagit à ce bref constat par un choc plus profond que Krauthammer n'aurait jamais pu le prévoir. Il comprit qu'il devait absolument voir Monika, et non lui téléphoner, comme il l'avait fait lorsqu'il avait appris la mort de Daniel. Pourquoi ? Max aurait pu le demander à Krauthammer, mais il savait que, n'étant pas un homme d'esprit, le rabbin ne prendrait pas le risque de se lancer dans une interprétation. Il se contenterait de dire « fais ci » ou « fais ça » – sans donner de raison. Parce que ce fichu rabbin savait. Il savait ce qui était bien ou mal, vérité ou mensonge, important ou négligeable. Et retrouver le chemin qui menait à Monika n'était pas mal ; c'était important, et c'était la seule vérité de sa vie.

Elle n'avait presque pas l'air enceinte lorsqu'elle vint le chercher à l'aéroport Ben-Gourion. Le long corps souple de Monika portait le bébé quelque part en profondeur, à l'abri des regards et elle le tenait bien serré, sans craindre pour son ventre. Si un minuscule pied n'était pas venu frapper contre la surface à peine arrondie, Max n'aurait jamais cru qu'il y avait quelqu'un là-dedans.

Il voulait la convaincre de revenir à Hambourg avec lui, après la naissance. Parce qu'il savait déjà qu'il ne pourrait pas vivre ici, ne pourrait pas écrire ici. Mais quelque chose chez cette Monika, qui avait été la femme de Daniel, l'arrêta. Elle conduisait calmement à travers l'obscurité, les rues chaudes, toutes fenêtres baissées, l'air empli d'odeurs entêtantes et de bruits pénétrants. Lorsqu'elle s'arrêta à un feu rouge, il eut envie d'embrasser sa main. Mais un petit geste inhabituel – ses doigts essuyant des gouttelettes de sueur sur son menton – lui ôta tout courage.

Alors, au lieu de la toucher ou de dire ce qu'il avait décidé de lui dire en venant la voir, il s'entendit grogner : « Au fait, Krauthammer a gagné. Je suis circoncis… »

Monika ricana. « Je sais, dit-elle, sans quitter la route des yeux. J'ai rencontré une femme nommée Tamar il y a quelques mois – Krauthammer lui avait donné mon numéro de téléphone –, et je lui ai demandé de nouer ce ruban rose – de ma part… »

Le Bébé de Michael Farmer

Dieu sait pourquoi je me suis retrouvée en train d'accoucher du bébé de Michael Farmer, dans un hôpital catholique de White Plains, État de New York, mais je fus ravie de le faire. Les deux sages-femmes irlandaises – Eileen et Erin – m'inondèrent de gentillesse, car elles étaient complètement désœuvrées. Aucun autre bébé ne luttait pour venir au monde cette nuit-là, et nous décidâmes qu'il était de bon augure que nos trois noms commencent par un « e ». Je m'appelle Emma.

J'ai été infirmière moi aussi, il y a bien longtemps, j'aurais donc pu me douter que je n'avais pas besoin de me précipiter à l'hôpital dès l'apparition d'une minuscule tache de mucus mêlé de sang sur mes dessous. Pas de perte des eaux, et pas une seule contraction. Mais Eileen ne me renvoya pas chez moi. Peut-être comprit-elle que chez moi était un endroit terrifiant ; j'étais arrivée seule, contrairement à la plupart des futures mamans de nos jours, l'air fatigué et plutôt âgé. Les femmes ont tendance à apporter un petit sac de voyage pour leur entrée à la maternité ; je poussais, quant à moi, une énorme et pesante valise, contenant pratiquement tout ce que je possédais. Si ce bagage n'avait pas été si élégant, je suis certaine qu'elles m'auraient suspectée d'être sans domicile. Plus tard je pus raconter à Eileen et Erin dans quelles conditions j'avais suivi le professeur Michael Farmer et sa famille à travers le monde, jusqu'à ce qu'il retourne dans sa ville natale. Je leur expliquai aussi qu'après avoir repris des forces, la famille avait déménagé de nouveau, pour s'installer en Angleterre, mais que j'étais restée coincée sur place, avec mon gros ventre de femme enceinte et vingt années de souvenirs : ceux de l'amour que j'avais porté à un homme sérieux et discipliné qui ne cessa jamais d'être entièrement dévoué à son épouse, tout en étant électrisé par le contact de sa secrétaire. Mon contact.

Eileen était la plus âgée, la plus maternelle des deux, avec des tresses d'un brun roux remontées en couronne, un visage chaleureux piqueté de taches de rousseur et des mains chaudes. Elle irradiait la confiance et un calme solide. Erin était une minibombe sexuelle, avec un chignon rond, brillant et blond, un teint pâle, des yeux d'un bleu intense, et des courbes sublimes sous sa blouse blanche et suave.

Le médecin au visage sévère lança un regard inquisiteur à Eileen lorsqu'elle dit, d'un ton enjoué et chantant : « Nous n'avons qu'à la garder pour la nuit. » Mais il ne parut pas surpris de la bonne volonté qu'elle mettait à s'occuper d'une femme qui n'était même pas en travail. Il marmonna que j'avais le droit de manger et de boire ce que je voulais, et disparut. Nous ne le revîmes pas jusqu'à la toute fin.

« Alors, où est le père ? » me demanda Erin, joyeusement. Eileen lui jeta un regard courroucé et me tendit un verre d'eau.

Mais j'étais blindée contre les questions indiscrètes. En fait je mourais d'envie de tout leur dire.

« Parti pour l'Angleterre, dis-je. Il ne sait même pas que je suis sur le point d'accoucher de son enfant. Il est marié et… » Je me tus soudain, me rappelant où j'étais. Allait-on me jeter dehors ?

Eileen se contenta de hocher la tête, d'un air grave, tandis qu'Erin me souriait de toutes ses dents : « Alors, en fait, vous êtes d'où ? De White Plains ?

– Je suis de Boston. Mais mes grands-parents étaient originaires d'Irlande.

– Oui, ça on s'était bien doutées que vous étiez une Américaine d'origine irlandaise, vu que votre nom de famille est O'Connor. Où en Irlande ?

– Une petite ville balnéaire qui s'appelle Newcastle. Dans le comté de Down, c'est ça ? Près des montagnes de Mourne. Mon grand-père en parlait souvent. Et il y a une vieille chanson qui…

– Je la connais, je la connais ! » s'écria Erin. Elle regarda Eileen, considéra qu'elle lui accordait sa bénédiction, prit une profonde inspiration et se mit à chanter :

Oh, Mary, cette ville de Londres est quelque chose à voir
Tous ces gens qui travaillent, qu'il fasse jour, qu'il fasse
[noir
Ils ne plantent ni patates, ni orge, ni froment
Mais creusent à même la rue pour trouver des diamants
C'est eux qui me l'ont dit, quand je leur ai demandé
Et j'ai tenté ma chance, moi aussi j'ai creusé

Mais pour pareille récolte, j'aurais eu mieux à faire
Là où la Mourne noire sombre en douce dans la mer.

Sa voix claire était pleine de gaieté, comme les paroles qu'elle chantait, mais ses yeux charriaient la douce tristesse de la mélodie. Erin s'interrompit, à regret. « Je la connais jusqu'au dernier couplet, dit-elle, rayonnante d'autosatisfaction. Mon petit ami a un site de chansons folkloriques irlandaises sur le Net. »

Je sentis une douleur dans le dos, plutôt sourde, mais je décidai de l'ignorer.

« Arrête de crâner, dit Eileen. Je suis sûre qu'Emma se fiche pas mal de tes ritournelles. Comment vous sentez-vous, ma mignonne ?

– C'est faux. Ça m'intéresse énormément, dis-je. L'homme pour qui j'ai travaillé toutes ces années était sociologue, et c'était justement son sujet. La période victorienne, je veux dire. »

L'attention d'Erin se diluait, malgré mes efforts, je décidai donc de changer le cours de la conversation :

« Et vous, d'où venez-vous ?

– Nous sommes toutes les deux de Cork. »

Cet hôpital, comme elles me l'apprirent, avait pour tradition, depuis sa fondation, de faire venir des infirmière d'Irlande, grâce à un lien direct avec l'école d'infirmières de Dublin. « Mais je serais partie de toute façon », dit Eileen. « Moi aussi », dit Erin.

Je ne sais pourquoi, cette réplique nous fit partir d'un fou rire stupide, comme des adolescentes. Je ressentis un nouveau tiraillement dans le bas du dos, comme si une novice inexpérimentée avait essayé de me masser les lombaires. Je voulais oublier que j'étais là pour accoucher. Je ne désirais que parler, parler et finir par rentrer chez moi pour reprendre ma vie, inchangée. Ou bien rester ici pour toujours, avec Eileen et Erin, qui me faisaient tant de bien…

« Venez faire un petit tour avec moi », dit Eileen. Elle avait remarqué mon poing crispé.

Erin se retira pour préparer du thé et des sandwichs, tandis que je m'appuyais sur Eileen, comme une vieille femme, pour arpenter la salle de maternité vide et plongée dans une demi-pénombre.

« Dites-moi, fis-je, après avoir repris mon souffle, avez-vous emmené votre famille avec vous ?

– Oh non, dit Eileen. Je ne suis pas mariée et tous mes frères et sœurs sont restés là-bas à…

– Cork ? proposai-je en l'interrompant.

– Non, en Angleterre. Londres et Liverpool. » Elle soupira. « Le plus difficile, c'est de quitter l'Irlande, une fois que c'est fait, peu importe où on se retrouve. »

À mon tour, je lui parlai de l'époque où j'étais infirmière, à Boston. Je lui racontai comment j'avais rencontré Michael Farmer, un très jeune homme alors, qui avait amené son petit garçon aux urgences pour une cheville foulée. On avait commencé à parler de choses et d'autres, surtout de sa passionnante recherche, et presque sans m'en rendre compte, je m'étais retrouvée en train de démissionner de l'hôpital pour devenir sa secrétaire particulière et son assistante. Je me fichais de tout : l'alcool était en train de tuer mon père à petit feu et j'étais censée m'occuper de lui. J'avais besoin de m'échapper, de me rendre indisponible pour ma famille. C'est comme ça que, pratiquement du jour au lendemain, ma vie changea : je me mis à taper les livres et les articles de Michael Farmer, j'archivai ses notes et ses idées sur l'Angleterre victorienne. J'essayai ensuite d'expliquer à Eileen, en termes habilement choisis, que bien que n'ayant jamais passé une nuit ensemble, le professeur Farmer et moi étions totalement accros l'un à l'autre. Dix minutes de volées à la dictée de sa dernière découverte concernant, par exemple, les modes de contraception sous l'ère victorienne lui suffisaient à se dépouiller de sa peau de reptile pour m'envoyer au nirvana. C'était un homme dur et sec, mais j'en étais folle. Je n'avais jamais eu d'amant avant lui et n'en ai pas eu depuis. J'ai toujours été invisible pour les hommes, et pour les femmes aussi d'ailleurs, mais Michael Farmer me donna ma chance, et ne fut pas déçu. Si j'ai une mission sur terre, c'est de dire au monde que les femmes laides méritent un second et même un troisième examen.

« Comme l'éponge, par exemple ? » demanda Eileen. Mes contractions semblaient avoir cessé, et nous pûmes nous asseoir pour boire le thé qu'Erin avait apporté. « J'ai entendu dire qu'ils utilisaient des genres d'éponges dans ce temps-là. »

Je leur appris que l'on conseillait à ces femmes victoriennes de commencer par attacher une « bobine » à un morceau d'éponge de mer, avant de l'introduire dans leur vagin, et de « l'humidifier pour qu'elle retienne le sperme ». J'ai même lu quelque part qu'« une duchesse anglaise ne sort jamais dîner sans son éponge » !

Eileen reposa sa tasse, me regarda droit dans les yeux

et sourit : « Comment vous savez tout ça ? Je n'y crois pas !

– Oh, j'ai lu tellement de choses là-dessus, même des extraits de journaux intimes... C'est réellement incroyable de constater à quel point ces femmes étaient evoluées, comparées à l'image qu'on s'en fait.

– Évoluées ? demanda Eileen, incrédule. Je pensais que c'était une bande de prudes indécrottables.

– Comme toi, dit Erin pour la taquiner.

– Oh, je ne suis pas prude, protesta Eileen, sur un ton sincère d'autodéfense. Si j'ai l'air un peu stricte parfois, c'est parce que j'ai vu de mes propres yeux ce qui se passe quand la fête est finie. Et parce que je trouve, pour commencer, que comme fête, on fait mieux. Comme disait ma grand-mère : "Les trois choses au monde qui laissent le moins de traces : un oiseau sur une branche, un bateau sur la mer, un homme sur une femme."

– Oh, mais je t'assure que c'est une fête ! répliqua Erin, têtue. Moi je trouve que c'en est une. » Elle se laissa glisser jusqu'à l'extrême bord de sa chaise, étendit ses longues jambes devant elle, croisa lentement ses chevilles et se tapota les genoux amoureusement. Même dans ses godillots, Erin évoquait immanquablement les scènes de chambre à coucher les plus cinématographiques, ou les intermèdes sexuels dans un hôpital silencieux comme dans *Urgences* ; je me l'imaginais parfaitement face à, voyons, George Clooney, autorisé pour les besoins de la série à farfouiller ses frisettes pubiennes sous une avalanche morbide de clichés aux rayons X.

« Eh bien, Emma, nous voici en présence d'un parfait exemple de... », commença Eileen d'un ton passionné avant de s'interrompre brutalement pour reprendre le contrôle d'elle-même. Elle craignait clairement de m'engager dans leur querelle, au cas où cela affecterait mon humeur.

« Revenons à nos victoriennes », dis-je pour adoucir la légère tension qui était née entre elles. Je demandai à Erin de faire rouler ma valise jusqu'à l'endroit où nous nous étions installées. Mon portable était coincé sous une pile de vêtements que j'avais réussi à entasser avant de partir pour l'hôpital. La recherche que j'avais accomplie pour mon patron était fichée sous Farmer/Victoriana. Je ne fus pas longue à trouver la citation que je cherchais : « L'amour est un sujet sur lequel certaines femmes refusent de s'exprimer... C'est une coutume barbare que celle qui interdit à la jeune fille de faire des avances amoureuses, ou qui confine ces avances au pouvoir des yeux, au contact des doigts... Pourquoi la femme ne serait-elle pas en mesure de clamer sa passion à l'homme de son choix, comme le fait l'homme à la femme ? » Cet extrait est tiré d'un ouvrage intitulé *Le Livre de toutes les femmes ; ou, qu'est-ce que l'amour ?* publié à Londres en 1826. Erin fut impressionnée. « Tu vois ! dit-elle à Eileen. Même les victoriennes étaient plus avancées que toi ! »

À présent, Eileen était blessée pour de bon. « Qui m'a jamais entendue dire qu'une femme ne pouvait pas montrer à un homme les sentiments qu'elle a pour lui ? Franchement, dit-elle, en se tournant vers moi, cette fille veut vous faire croire que je suis un monstre. Comme si je n'avais pas eu ma part de... » À nouveau, elle s'interrompit brusquement, en plein milieu de sa phrase. Je commençai à penser que toutes ses fins de phrases passées sous silence auraient pu finir par constituer une très bonne histoire.

Je commençai aussi à me sentir très légèrement coupable. Il n'y avait pas le moindre signe de contraction, j'étais juste un peu fatiguée, mais, en dehors de ça, je me sentais parfaitement bien. Peut-être aurais-je mieux fait de les laisser dormir et de rentrer chez moi.

« Oh non, ne vous en faites pas pour ça, dit Eileen, avec l'autorité tranquille que lui conférait sa voix grave. Vous accoucherez bientôt, je vous assure, et nous sommes de garde de toute manière. Je vais vous examiner, au cas où. »

Elle m'emmena dans la salle d'examen et vérifia, avec beaucoup de douceur, si j'étais ouverte ou non.

« C'est drôle, dit-elle, la dilatation est nulle, mais vous dites pourtant que vous avez eu quelques contractions ?

– Enfin, une ou deux », dis-je. Juste à ce moment, j'en eus une troisième. Ce spasme fut plus violent que les précédents et disparut aussi plus vite.

« Voulez-vous dormir un peu ? Vous aurez besoin de toutes vos forces d'ici peu », dit Erin, en essayant vaguement de retenir un bâillement.

Mais j'avais peur de sombrer. Pour moi, le sommeil était un univers de solitude, il l'avait toujours été, et ce jour-là, cette nuit-là – je ne pouvais pas faire face. Je me redressai, aussi prestement que je le pus, et prétendis ne pas ressentir la moindre fatigue.

« Ça vous fait du bien de marcher, dit Eileen, tandis que nous reprenions notre ronde dans la salle déserte, avec, cette fois, la compagnie d'Erin.

– Allez, dites-nous-en plus sur tous ces dégoûtants trucs victoriens. J'adore ça ! dit-elle, un peu trop fort. Je les vois comme si j'y étais, ces dames très comme il faut avec leurs belles robes. Imagine : une duchesse, dans son carrosse, en route pour un dîner en ville, qui demande tout à coup au cocher de faire demi-tour parce qu'elle a oublié son éponge ! »

Même Eileen trouva l'image amusante. Encouragée, Erin fit quelques pas en courant pour prendre de l'avance sur nous, se retourna brusquement et se mit à chanter le deuxième couplet des *Montagnes de Mourne* :

Il me semble qu'un jour, dans une lettre, tu demandas
Comment les dames de Londres arrangeaient leurs
[falbalas
Eh bien crois-moi si tu veux, quand elles vont au bal
[danser
Elles ne portent point de hauts sur leurs jupes brodées

À cette mode, Mary McRee, n'y viens pas, si tu veux
[me plaire
Là où les montagnes de Mourne sombrent en douce
[dans la mer.

« Je ne crois pas que Mary McRee était du genre à savoir pour l'éponge, dis-je.

– Qui est Mary McRee ? demanda Eileen.

– Juste un nom, dit Erin en riant. Juste le nom de n'importe quelle petite Irlandaise, là-bas, au pays. Je me trompe ? »

Je dis qu'effectivement c'était plus ou moins ça. Mais j'ajoutai : « Sauf que bon nombre de Mary ont fini par rejoindre leur famille en Angleterre ou aux États-Unis. Très souvent, elles partaient seules, et, la plupart du temps, comme servantes.

– Ouais, je sais. C'est ce qui nous serait arrivé si nous avions vécu à cette époque », dit Erin. Sa voix prit soudain des accents graves, presque endeuillés.

J'étais fatiguée de marcher. Je proposai de nous rasseoir – elles semblèrent toutes deux enchantées par cette initiative – et, comme je me sentais, d'une certaine manière, responsable de leur ennui et donc obligée de les en divertir, je décidai de leur parler du cas le plus fascinant sur lequel j'aie jamais travaillé avec Michael Farmer. Je leur racontai l'histoire de Mary O'Shea, la très jeune mariée qui avait assassiné son époux deux semaines après leur mariage. Avec ça, j'étais sûre de captiver l'attention de mes deux sages-femmes pour un moment.

La magie, je le savais, était entièrement contenue dans les mots « jeune mariée » et « assassiné ». Je l'avais senti moi-même, lorsque j'étais tombée pour la première fois sur eux dans un vieil album de l'époque victorienne à la British Library.

En fait, Michael Farmer ne manifesta jamais beaucoup de curiosité concernant les détails de ce cas. Il m'avait simplement demandé de déterrer tous les documents non littéraires faisant référence au vécu réel des femmes dans l'Angleterre victorienne ; il s'intéressait particulièrement aux papiers officiels et aux lettres. Je me rappelle avoir attendu patiemment à l'une des vieilles tables de chêne, observant la rangée d'épaules voûtées et de têtes penchées dans une égale concentration. La paix qui régnait dans la salle de lecture me fit réfléchir à la vie plutôt agréable que je menais, sachant que je m'étais asservie, peut-être pour toujours, à un homme qui avait autre chose à faire que penser à moi, même dans ses moments de loisir. Je l'aimais, bien sûr, mais je le haïssais aussi d'être libre – ce que je ne pourrais jamais être moi-même. Je fantasmais sur ce qui se passerait si sa femme mourait, tout à coup, de mort naturelle, ou bien d'un accident, ordinaire mais fatal ; se tournerait-il vers moi, finalement, pour chercher un secours éternel, ou continuerais-je à vivre aux confins de son existence ordonnée, le suivant partout où il choisissait d'aller ? Parfois, il m'arrivait de penser et presque de parler comme l'héroïne d'un mauvais roman victorien à l'eau de rose. Je parvenais à entrer en transe rien qu'à l'idée que je n'avais *pas d'autre choix* dans la vie que *d'obéir* à mon *destin*, tel que le façonnait l'intérêt passionné qu'un homme portait à ma poitrine frémissante, mes joues pâles, et mon corps brûlant, et sans doute pas très parfumé, engoncé qu'il était dans tant d'épaisseurs de velours, de satin et de soie.

Le bibliothécaire arriva, les bras chargés d'une petite pile de livres et de papiers. Il m'annonça que l'un des manuscrits que j'avais demandés était en fait un album excessivement abîmé et fragile, qui ne pouvait être consulté que dans une salle séparée, à l'étage. C'était une compilation, établie par une personne inconnue, de divers faits liés au cas de Mary O'Shea : des articles de journaux, des poèmes, des chansons. La première coupure de presse était une invitation à assister à l'exécution de Mary O'Shea ; la jeune fille « dans sa dix-huitième année », devait être « pendue haut et court en public » à la prison de Londres : « Le BOURREAU, le Grand Ordonnateur Moral, après avoir attaché les bras de la fautive à ses flancs, et passé une corde autour de son cou, fera tomber l'échafaud sous elle ; au cas où le cou de la pauvre victime ne se briserait pas sous le choc, le dit ORDONNATEUR MORAL se verrait dans l'obligation de tirer sur les jambes de la malheureuse jusqu'à ce que, son poids et sa force s'unissant, il puisse L'ÉTRANGLER. » L'entrée à ce « GRAND SPECTACLE MORAL dédié à l'édification des bons chrétiens » était gratuite. Le document datait de 1851.

Ce doit être le sadisme sexuel à peine voilé de l'annonce, déguisée en leçon de droiture religieuse, qui éveilla ma sympathie immédiate pour la meurtrière, et mon horreur : le public, comme un voyeur vertueux, retirant une gratification morale instantanée et, j'en étais certaine, des orgasmes tout aussi prompts, de la contemplation d'une Mary O'Shea soumise passivement à son exécuteur.

Je poursuivis ma lecture afin de découvrir de quel crime elle s'était rendue coupable pour mériter un châtiment aussi affreux, et découvris que Mary avait été accusée d'avoir assassiné son mari, Peter O'Shea, deux semaines après leur mariage, en déposant quelques gouttes d'arsenic sur une quenelle.

De nouveau, je ne pus m'empêcher de m'identifier à elle, sans raison apparente. Et je ne fus pas la seule ; après qu'elle eut été déclarée coupable, des pétitions circulèrent et recueillirent de nombreuses signatures, demandant sa grâce, en raison de son sexe et de son âge. Des femmes signèrent une pétition spéciale, à part, envoyée directement à la reine Victoria, dans l'espoir d'obtenir la clémence royale. Elle fut rejetée.

Au grand étonnement de la foule, Mary apparut extraordinairement tranquille à sa pendaison. Elle reçut les sacrements avec calme, et marcha vers l'échafaud sans l'aide de personne, d'un pas ferme. Le public fut « frappé de stupeur et de respect », surtout lorsque, dans ses derniers instants, elle jeta sur la masse de gens présents dans la cour de la prison – hommes, femmes, enfants – un regard empli d'une extraordinaire détermination. Ou était-ce davantage une expression de défi ? Je n'avais aucun moyen de le savoir. Mais plus je lisais de documents sur le sujet, plus le cas m'apparaissait comme un délicieux mystère irrésolu. Pas du genre de ceux que l'on trouve dans les romans policiers – plutôt comme un ensemble de circonstances énigmatiques qui, si elles avaient été expliquées, auraient jeté un éclairage sur… je n'étais pas certaine de savoir sur quoi exactement, mais je sentais que la courte existence de Mary avait un rapport particulier avec la mienne.

Sa mort fut terrible. Elle lutta, dans une douleur

indescriptible, un long moment, avant d'en finir. La foule était horrifiée et hurlait « honte, honte ! » et « assassin, assassin ! ».

« Je me demande si les mères cachèrent les yeux de leurs enfants, comme nous le faisons aujourd'hui devant des scènes de violence ou de sexe à la télévision », dit Eileen.

Nous restâmes toutes trois assises et silencieuses pendant un long moment. Je ne pouvais deviner ce qu'elles pensaient ; Erin avait l'air songeur, légèrement troublé et distant. Eileen semblait digérer lentement ce que je leur avais dit. Finalement, elle me posa la question que je m'étais souvent posée moi-même : pourquoi tant de sympathie ? Mary O'Shea était, après tout, une tueuse sans pitié.

« Qui était-elle en fait ? voulut savoir Erin.

– Bonne question. L'album était une source d'information inégale concernant Mary O'Shea, à l'image des journaux de cette époque. Elle n'était pas célèbre, elle n'était pas riche, pas même issue de la petite bourgeoisie. C'était une pauvre petite paysanne, débarquée à Londres depuis son petit village d'Irlande du Nord, comme bien d'autres avant et après elle. Peut-être avait-elle cherché à fuir la famine, la pauvreté, le désespoir. Ou peut-être n'avait-elle fait que suivre la voie nouvellement ouverte de la migration, du changement. Je ne sais. L'aîné de ses frères était parti le premier et avait trouvé un emploi de manœuvre à Liverpool. Lorsqu'il s'installa à Londres, où il pouvait espérer un meilleur salaire, le reste de la famille suivit. Mary avait six frères et sœurs. Le plus jeune de ses frères, le petit Patrick âgé de huit ans, fut l'un des principaux témoins au procès. »

Je décrivis les conditions dans lesquelles ils vivaient, partageant une pièce avec une autre famille, dans une petite ruelle de Whitechapel. D'après mes calculs, cette chambre abritait quinze personnes, dont des enfants de tous âges, une grand-mère mourante et deux nourrissons très mal en point. Les femmes s'efforçaient de maintenir l'endroit le plus propre possible, mais c'était une tâche titanesque. Il y avait peu de lumière, la ruelle empestait les égouts, des enfants sales et pieds nus envahissaient la rue, sous l'œil fatigué de mères plantées dans l'encadrement d'une fenêtre ou d'une porte délabrée. Par temps sec, des rangées de chaussures abîmées apparaissaient sur le trottoir.

Heureusement pour Mary et les autres, elle n'eut pas à supporter ce nouveau genre de pauvreté très longtemps. Elle trouva une place de bonne dans une famille anglaise de Bury St Edmund. Elle avait seize ans à l'époque.

« C'est bon, je connais la suite, interrompit Eileen. Elle se laisse séduire par son maître. »

Je ne répondis pas.

« C'est ça ? persista-t-elle.

– Je n'en suis pas sûre, à vrai dire. Personne ne sait ce qui s'est réellement passé lorsqu'elle était en service. Mais statistiquement, il y a de grandes chances pour que ce scénario ait été le bon. »

J'en étais arrivée moi aussi aux mêmes conclusions. D'après tous les comptes rendus, Mary était une « belle fille de la campagne », pourvue de cheveux clairs, de grands yeux bleus, d'un visage fin et d'une agréable silhouette. J'imaginais aisément la scène : son maître, un employé de bureau du nom de Jeremiah Ward, entre dans sa chambre et la trouve penchée sur le lit de sa maîtresse, tout occupée à nouer les cordonnets d'une taie d'oreiller propre. Elle sent les bras de l'homme autour de sa taille, son haleine sur son cou. Elle est pétrifiée, et excitée. Mais est-elle vraiment surprise ? Non. Parce qu'elle n'a attendu que ça, depuis le premier jour.

« Vous pensez donc qu'elle l'a encouragé ? » murmura Erin.

Je n'avais aucun mal à me représenter Erin à la place de Mary, et je savais qu'elle aurait souhaité que pareille chose arrive, qu'elle aurait fantasmé sur son éventualité, jusqu'à ce que son vœu se réalise. Exactement comme moi avec Michael Farmer…

« Comment pourrais-je répondre ? dis-je. Mais j'ai effectivement le sentiment, d'après ce que j'en ai lu, qu'il ne lui déplaisait pas. Peut-être même l'aimait-elle.

Autrement pourquoi aurait-elle voulu lui rendre visite après le mariage ?

– Elle a fait *ça* ? » Erin sembla survoltée par cette nouvelle information.

« Mary avait été au service des Ward pendant deux ans, expliquai-je. Vers la fin de sa seconde année, alors qu'elle était en visite dans sa famille pour Noël, Peter O'Shea, qu'elle connaissait depuis l'enfance – ils venaient du même village en Irlande et il avait été le meilleur ami de son frère aîné –, la demanda en mariage. Les parents de Mary l'encouragèrent à accepter rapidement ; Peter était un jeune homme bon et fiable, qui travaillait comme manœuvre dans les chemins de fer, comme son frère aîné. Cela signifiait qu'elle devrait retourner s'installer dans sa famille après le mariage, avec son époux.

« Mary accepta, mais demanda la permission de rendre visite aux Ward avant le mariage. Peter dit qu'il préférerait qu'elle s'abstienne, mais suggéra qu'elle pourrait y aller après, à la place. Que craignait-il ? Savait-il quelque chose ? Y avait-il quelque chose à savoir ? Tout ce que je peux dire, c'est que le mariage eut lieu et que tout parut bien se passer. Un jour, environ une semaine plus tard, Mary fit le voyage jusqu'à Bury St Edmund, comme elle l'avait demandé. Cette fois, elle ne séjourna pas chez les Ward, mais chez une tante qui habitait non loin de là. Certains de ses proches affirment qu'en rentrant chez elle, après cette visite, elle n'était plus la même. Renfermée, déprimée. Non qu'elle eût été très enjouée avant cela – elle avait toujours été d'une gravité presque pesante. (Alors peut-être était-elle davantage comme une Eileen en jeune que comme une Erin, pensai-je.) Mais à ce moment-là, elle avait l'air oppressé, et même triste. Une semaine plus tard, elle servit à Peter son souper habituel – quenelle, pain et thé. Il se sentit aussitôt très mal, fut pris de nausées épouvantables et se plaignit de violentes brûlures d'estomac. Mary et sa mère tentèrent de le soulager en lui servant un cognac, je crois, mais rien n'aida. Il mourut au petit jour. L'autopsie découvrit une artère rompue, et l'on dit également qu'il était mort du choléra anglais. Personne ne soupçonna qu'il avait été empoisonné, jusqu'au jour où deux chiens moururent après avoir mangé quelque chose qui traînait dans le tas de fumier sur lequel la mère de Mary avait jeté le contenu de la bassine dans laquelle Peter avait vomi. Le corps fut alors exhumé et l'on découvrit qu'un empoisonnement à l'arsenic était cause du décès de Peter O'Shea. Le petit frère de Mary l'avait vue cuisiner et servir le repas, de plus, elle ne nia à aucun moment sa culpabilité. Elle fournit aux autorités une confession écrite, qui ne devait pas être rendue publique avant sa mort.

– Que disait-elle dans sa confession ? demanda Erin, haletante.

– Il n'était question que des détails techniques de son crime, dis-je. Elle expliquait qu'elle avait acheté le poison dans la boutique de M. H. Wilkinson, pharmacien, à Bury St Edmund, durant son dernier séjour là-bas. Il la connaissait bien, parce que Mme Ward envoyait souvent Mary faire les commissions. Personne ne l'avait persuadée de le faire ; elle avait agi de son plein gré et seule. Elle n'avait pas de griefs contre son mari ; seulement, elle ne l'avait jamais aimé, et souhaitait reprendre son service. "Je ne souhaite pas vivre, écrivit-elle, car je ne pourrai jamais être heureuse dans ce monde.... J'espère, grâce à une sincère repentance de mes péchés… être reçue au ciel."

« Durant sa peine de prison, elle garda le silence concernant les motifs de son crime. Un prêtre lui rendit visite régulièrement, mais elle ne s'en ouvrit pas à lui, pas plus qu'à sa mère. Lorsqu'ils détachèrent son corps après la pendaison, ils trouvèrent dans les plis de sa robe un mot adressé à sa mère, qu'elle avait griffonné secrètement dans sa cellule. Il disait simplement, en termes plus affectueux, ce dont elle avait fait état dans sa confession : qu'elle était heureuse de mourir. Qu'elle avait détesté sa vie à Londres. Qu'elle avait été bien traitée par sa famille, et par son époux, mais quel sens avait tout cela, sachant qu'ils vivaient les uns et les autres plus mal que les plus viles créatures de la terre. "Je ne vois jamais la lune, ni le soleil à Londres, avait-elle écrit.

Notre lune irlandaise était comme un bonbon de Noël dans le ciel." Elle n'avait rien à attendre de l'existence, à part plus de besognes fastidieuses, et l'affreux engrenage de la faim, de la maladie, de la mort et de la saleté. C'est pourquoi, disait-elle à sa mère de son écriture enfantine et en termes très simples, elle espérait aller au ciel, et être libérée de cette vie.

« Et c'est cela, dis-je, qui m'intrigua plus que tout le reste dans ce cas. Je veux parler du fait que lorsque Mary O'Shea se trouvait confrontée à ce qu'elle avait fait, le seul outil de réflexion qu'elle possédait était la religion. Et il en allait de même pour l'opinion publique, le jury, les juges, la presse, sa famille, le bourreau – et le prêtre, bien sûr. Aujourd'hui nous disposons d'un tel attirail pour interpréter ce qui nous arrive. Nous avons la psychologie, la psychanalyse, la psychiatrie, la génétique. Nous savons qu'il existe de multiples possibilités pour qu'une jeune fille exilée comme Mary, vivant dans des conditions terribles, ait été abusée, déprimée, suicidaire, schizophrène – tout sauf simplement "coupable".

– Oh là, vous êtes drôlement impliquée dans cette affaire, dit Erin. Vous y avez beaucoup réfléchi. »

C'était peut-être une manière pour elle de me dire qu'elle en avait assez entendu sur cette histoire, mais je n'avais pas fini. Je n'avais jamais eu l'occasion de partager mes réflexions sur le cas de Mary avec qui que ce fût, et j'avais besoin d'entendre ce que Eileen et Erin en feraient.

« Dites-moi ce que vous pensez de cette hypothèse, dis-je calmement, avec quelque hésitation. Alors qu'elle travaillait chez les Ward, Mary avait découvert le plaisir en couchant avec M. Ward. Peut-être ne la traitait-il pas correctement en tant que bonne – après tout, ce n'était qu'une pauvre petite Irlandaise chargée du sale boulot –, mais il n'était pas aussi médiocre en tant qu'amant, ayant eu de nombreuses expériences. Parce qu'avant d'épouser Mme Ward, dont nous ne savons pas grand-chose, il avait eu beaucoup d'aventures, peut-être avec d'autres servantes. En tout cas, il ne manquait pas de talent pour la chose. Disons qu'ils avaient leurs petites habitudes : les jours où elle changeait les draps de son lit, il les salissait une dernière fois, avec elle. Nulle trace de leur acte sexuel. Il était englouti dans l'énorme ballot de linge que Mary descendait ensuite. Puis voilà qu'elle se marie à un brave homme qui l'aime, peut-être, mais qui n'a pas la manière. C'est un amant fruste. Après les premières nuits qu'elle passe avec lui, elle en supporte à peine l'idée. Elle retourne à Bury, pour dire à Jeremiah combien elle est malheureuse. Il parvient à la séduire, une fois de plus, et suggère, en plaisantant, qu'elle pourrait se débarrasser de son mari et revenir travailler pour lui. Mais Mary ne prend pas sa proposition à la légère ; elle trouve une église pour aller y prier – pas la sienne, la catholique, mais St Mary, église réformée, parce qu'elle est plus proche de la boutique du pharmacien sur la grand-place où elle s'apprête à acheter son arsenic. Elle lève les yeux vers les anges de bois sereins qui soutiennent les poutres de bois sombre, et se dit : Peu importe ce qui arrive, je serai bientôt parmi eux. La mort est une pensée qui la soulage à cet instant, de quelque manière qu'elle se la représente. La mort n'est pas une finalité pour elle. C'est une transition. C'est comme… comme rentrer chez soi. »

Erin avait piqué du nez plusieurs fois pendant mon exposé, mais Eileen bondit dès que je lui en laissai l'occasion : « Vous avez une imagination très vive, ma mignonne. Mais vous est-il jamais venu à l'esprit que Mary avait parfaitement pu se faire violer par l'immonde M. Ward, ou qu'elle était tombée enceinte, et craignait que son mari ne s'en aperçoive ? J'ai vu passer pas mal de cas dans ce genre, vous savez. Ou encore, ajouta-t-elle trop vite pour que je puisse répondre à ses premières objections, qu'elle était tout simplement une mauvaise fille ?

– Mais que signifie "mauvaise ?" dis-je. En quoi cela diffère-t-il de "très déprimée" ? »

Erin ouvrit soudain les yeux : « Vous êtes-vous déjà demandé à qui appartenait cet album ? Un homme ou une femme ? J'adorerais le savoir ! »

C'est à ce moment que je me suis évanouie, apparemment. Pas pour longtemps, mais suffisamment pour donner à mes sages-femmes une solide inquiétude et les pousser à me remettre au lit. J'adorais la sonorité de ces mots : « mes sages-femmes ». C'était doux, c'était sécurisant, c'était le paradis. Et j'étais incroyablement chanceuse de les avoir toutes les deux rien que pour moi. J'aurais été jalouse si j'avais dû les partager avec d'autres parturientes.

Elles me laissèrent seule quelques instants. Allongée sur le côté, comme me l'avait conseillé Eileen, je remarquai un crucifix en bois accroché au-dessus de la porte. Il n'était pas très grand, mais assez pour me rappeler que dans peu de temps il me faudrait prier tout mon soûl. Et après ça me livrer à une confession dans les règles. Le plus étrange, c'est que je n'avais pas envie de parler à un prêtre. J'avais envie de parler à Eileen. À propos de Michael Farmer, et du bébé.

« Emma, dit Eileen d'une voix douce, voici le docteur Fitzgerald. Vous l'avez rencontré tout à l'heure. Ne vous inquiétez pas, il veut simplement vous poser quelques questions. »

La voix du docteur Fitzgerald n'était pas moitié aussi douce que celle d'Eileen lorsqu'il me demanda comment j'avais réussi à tromper le corps médical et pourquoi.

J'essayai d'avoir l'air surpris, mais lorsque Erin me serra dans ses bras et murmura à mon oreille, allez-y, dites-nous tout, ça va aller, je craquai. La première question avait une réponse simple : j'avais réussi à échapper au suivi médical en changeant sans arrêt d'adresse. Le premier médecin que j'avais consulté, après le départ des Farmer et la fin de mon emploi chez eux, m'avait cru tout bonnement sur parole quand je lui avais dit que j'avais un retard de règles et que mon test de grossesse était positif. Avec cette information contenue dans mon dossier, j'allais d'un endroit à l'autre, me réjouissant de la véracité de mes symptômes : je mangeais pour deux, et mon ventre enflait à grande vitesse. J'avais des nausées matinales et des envies de cornichons et de glaces, j'achetais de jolies tenues de femme enceinte et tout un attirail de puériculture. Je lisais tous les ouvrages sur le sujet, et je reconnaissais tous les signes dont ils parlaient. Je pleurais de joie lorsque je sentais le bébé bouger, exactement comme il était censé le faire – à la manière d'un petit papillon folâtrant dans mes entrailles, en attendant de sortir. Je savais, au fond, que c'était une grossesse fantôme, mais elle ne m'en semblait pas moins réelle. Je croyais en toute bonne foi qu'un jour je finirais par donner naissance au bébé de Michael Farmer.

Quant à la seconde question – pourquoi je l'avais fait ? –, je n'avais pas un embryon de réponse.

Une bouffée de New York

Un jour, Sasha se rendit compte que son fils, bien qu'ayant presque quinze ans, n'avait jamais entendu parler de Karl Marx. Il n'avait pas lu non plus *Portnoy et son complexe*. Elle savait qu'elle avait à faire à un adversaire de taille – la culture pop vrombissante et décérébrée des années 90 – mais elle décida, consciente qu'une bonne partie de l'héritage qu'elle destinait à son fils aîné ne saurait passer le mur des générations, qu'elle tenterait au moins d'ouvrir une brèche dans sa résistance en lui ouvrant les yeux sur l'existence de deux des plus grands livres jamais écrits.

Karl Marx fut presque un échec, mais pas complètement. Jon refusa de le lire d'entrée de jeu – « Trop de pages sans dialogues, m'man. » – mais fut extrêmement impressionné par le slogan « La religion est l'opium du peuple ». « Il a dit *ça* ? C'est carrément classe. Chanmé. » Et il emporta la phrase, si ce n'est la pensée, dans sa chambre, où lui et ses amis tentèrent de la transformer en rap, « peuple » rimant avec « blurp » sur une rythmique agrémentée de rots explosifs. Leurs rires, tonitruants, tapageurs et déjà très mâles, faisaient trembler la maison, faisaient trembler le monde, et donnaient à Sasha le sentiment d'être une vieille chose, comme un volcan qui n'entrerait jamais en éruption.

Elle y était pourtant entrée, en éruption, et pas une fois, mais deux. La première, à vingt ans, lorsqu'elle décida de ne jamais avoir d'enfants, mais de nombreux hommes à la place. Manhattan était à peine assez grande pour contenir son joyeux appétit. Pendant des années – de joie et d'insouciance –, elle ne cessa de changer ses amis en amants, avant de s'en refaire des amis, histoire de ménager de la place pour de nouveaux amants. Il y avait ceux à qui elle parlait sans discontinuer – à propos de Marx et de *Portnoy* entre autres choses – ; et il y avait les autres, qui l'excitaient parce qu'ils venaient de mondes qu'elle ne connaissait pas et parlaient une langue qu'elle ne comprenait pas – le jardinier mexicain de ses parents, des chauffeurs de taxi de toutes nationalités, et même, de temps un temps, un livreur de pizza cent pour cent yankee. Elle réfléchissait à la littérature et à la philosophie, et couchait avec un tas d'hommes sans réfléchir. Chaque nouvelle aventure lui donnait l'impression de gagner en contrôle, et elle devint accro aux histoires sans lendemain, comme une ménagère compulsive qui ne peut se passer de son grand ménage de printemps.

Ses parents assoupis, fort heureusement engoncés dans leur lointain Westchester, applaudissaient à ses succès universitaires, et, comparant la nouvelle Sasha avec la jeune collégienne placide et morne dont ils se souvenaient et qu'ils n'avaient jamais comprise, se félicitaient de cet « extraordinaire épanouissement personnel » (selon les termes exacts de son père). Mais la vitalité pétillante de Sasha avait plus à voir avec l'activité hautement sismique de sa vie amoureuse qu'avec les diplômes qu'elle collectionnait. Elle était enivrée par sa liberté étourdissante, elle adorait sa confiance d'effrontée, elle était même amoureuse de sa propre beauté dégingandée. À cette époque capiteuse, elle contemplait sa nudité dans un miroir, la sueur et le sperme d'un homme encore collés à sa peau, et souriait à son reflet dans une délicieuse ébriété : la vie était du gâteau. Elle en venait à regretter d'avoir gâché son adolescence provinciale dans la rigidité mortelle et atrocement sérieuse qui avait été la sienne.

C'est alors qu'elle rencontra Jack, un voisin aussi calme que séduisant. Elle tenta de tirer le maximum de leurs rencontres silencieuses dans l'ascenseur ou dans la laverie en l'attirant dans des conversations ambiguës – en vain. Il semblait ne pas la voir. En sa présence, elle avait l'impression d'être un fantôme qui s'efforce de se rendre visible aux yeux des vivants. Elle se mit à perdre tout intérêt pour les autres hommes et se retrouva complètement obsédée par le seul d'entre eux qu'elle ne pouvait clairement pas avoir. Sa gaieté la quitta, peu à peu, douloureusement. Son sérieux d'antan la rattrapa. Sasha était folle amoureuse d'un homme étrange qui ne semblait pas même conscient de son existence.

C'est du moins ce qu'elle croyait. En réalité, Jack n'était pas du tout bizarre. Il était anglais. Journaliste, on l'avait chargé d'une mission difficile : couvrir la vie new-yorkaise pour un magazine britannique du dimanche, sans jamais laisser paraître l'ignominieuse vérité, à savoir qu'il adorait cette ville, et nourrissait une aversion féroce pour sa terre natale. Sa rédaction attendait de lui des pamphlets antiaméricains sur la pauvreté et la violence américaines, le manque de sophistication de la culture américaines, le désir américain de contrôler le monde. Les papiers de Jack étaient censés montrer que la « Grosse Pomme » était pourrie jusqu'au trognon. Il s'acquittait admirablement de sa tâche – mais, en secret, écrivait d'autres articles qu'il cachait dans un tiroir fermé à clé, comme autrefois un auteur de samizdat en Europe de l'Est. Ces essais secrets étaient, il le savait, parfaitement sublimes, bien meilleurs que tout ce qu'il avait jamais publié. Ils ne s'attachaient qu'à de menus faits, mais constituaient, à terme, un hommage passionné à New York, et à l'Amérique en général. Il décrivait l'hilarité qu'il sentait monter en lui à Grand Central, lorsqu'un quartette nègre jouait Bach et Mozart, et que la gare entière se figeait dans l'écoute admirative avant d'applaudir à tout rompre, les applaudissements fusant de partout, même du « balcon », cette salle d'attente située sous les combles. Il avait parlé de la break-dance pratiquée dans les rues par des gamins virtuoses, bien avant que le hip-hop envahisse le monde. Il évoquait deux vieilles dames dans le métro tenant à la main des bouquets de fleurs un peu fanées qu'elles venaient juste de cueillir dans le jardin de banlieue de leurs filles, et qui discutaient de leurs visites occasionnelles dans la maison de leurs filles, qui ne leur faisaient pas l'effet d'être des vraies maisons, à elles, les mères.

Il disait aussi qu'à la fin de chaque journée il était incapable de trouver le sommeil, parce que la ville semblait toujours en éveil, et ne suivait pas les lois de la nature. Jack était originaire d'un petit village du Devon et appréciait de se sentir en harmonie avec le rythme naturel des aubes et des crépuscules.

Il aimait se laisser aller aux changements d'humeur qui accompagnent les changements de saison, suivre les hauts et les bas d'un solstice d'hiver ou d'un solstice d'été. Le bourdonnement et le bruit permanent des rues hyperactives de New York lui collaient une terrible insomnie, qui le vidait de toute son énergie et le changeait en un genre de zombie.

La perception qu'avait Sasha de l'indifférence de Jack à sa présence n'était pas exactement la bonne. Ce n'était pas qu'il ne la voyait pas, ou qu'il était inconscient de sa beauté. Au contraire. Mais il était trop fatigué (ne pas confondre avec *blasé*) pour faire quoi que ce soit à ce sujet. Il passait ses jours et ses nuits à arpenter les rues de New York, à *inspirer* New York, et lorsqu'il finissait par rentrer dans son immeuble d'East Village, il se trouvait dans un état agréable et brumeux d'épuisement bien mérité.

De retour dans son studio qui sentait le renfermé, il se déshabillait en vitesse et sautait sous la douche. En été, il ne prenait pas la peine de s'essuyer et se laissait tomber tout mouillé sur le lit qui n'était jamais fait, en priant pour s'endormir aussitôt. Mais après une heure de sommeil en pointillé qui s'écoulait comme une minute, il était de nouveau parfaitement réveillé, pour le restant de la nuit. C'est alors qu'il se mettait à son bureau pour écrire un éloge, non destiné à la publication, de la ville qui le tuait à petit feu.

Sasha décida de passer à l'action. Elle débusquerait cet homme, au moins une fois. Elle avait un plan radical, lequel était en fait une copie carbone de celui que sa grand-mère russe avait mis en pratique pour séduire le professeur Nimbus qui allait devenir le grand-père de Sasha. Il avait fonctionné deux générations plus tôt, dans une autre culture, alors pourquoi pas ici et maintenant ?

Le plan consistait à demander au gardien de l'immeuble d'informer M. Jack Fitzherbert de l'apt. 7A que Mlle Alexandra (Sasha) Goldstein de l'apt. 11C avait trouvé quelques vêtements lui appartenant dans la laverie du sous-sol, et qu'elle le priait d'avoir l'obligeance de passer les chercher chez elle ce soir entre dix et onze heures.

Jack n'avait pas l'impression d'avoir perdu du linge, mais il remercia le gardien et alla frapper à la porte de Sasha le soir même. « C'est ouvert ! » dit-elle, d'un ton aussi détaché que possible. Il hésita, puis poussa la porte et vit une femme très jolie et très nue, allongée sur le canapé du salon qui lui servait de lit. Elle lui parut suffisamment familière et attirante pour le faire réagir comme le grand-père de Sasha face à sa grand-mère. Les deux femmes avaient fini la nuit, après un sublime marathon amoureux, assises sur le lit, un large sourire sur leur jeune visage et pensant : « Voilà une bonne chose de faite. »

Et c'était vrai. Jack ne pouvait plus se passer de Sasha qui, sans le vouloir, avait résolu son problème d'insomnie. Mais il découvrit aussi qu'ils avaient beaucoup en commun et un tas de choses à partager. Il n'était plus seul dans ses déambulations à travers New York. Sasha l'emmena dans des boîtes et des coins perdus que même lui n'avait jamais vus ; elle le présenta également à ses amis marxistes bohèmes. Elle l'emmena voir ses parents dans leur banlieue, en le décrivant comme « le voisin du dessous ». Ce qui n'était pas plus mal, car, quelques mois plus tard, le contrat de Jack à l'étranger prit fin et il dut rentrer à Londres. Il supplia Sasha de l'épouser, de venir habiter avec lui à Londres. Il avait besoin d'elle pour maintenir son lien avec New York, de la même manière que Joyce avait trouvé une Irlande portative dans la personne de sa femme Nora. Et c'est ainsi qu'ils s'installèrent à Londres, et que chaque fois qu'ils faisaient l'amour, Jack s'imaginait en train de baiser toutes ces femmes new-yorkaises dont il essayait désespérément de n'oublier ni les visages ni les corps.

L'amour que lui portait Sasha commença par diminuer très lentement, puis à vitesse grand V, à mesure qu'il se retirait dans sa coquille polie d'homme comme il faut. Il fut vaguement mis au placard par la rédaction de son magazine et n'écrivit plus que des papiers sur les voitures et les modes de vie. Ses essais sur New York gisaient, oubliés, dans le fond d'un tiroir particulièrement désordonné de son bureau.

La première année que Sasha passa à Londres fut assez semblable aux mois d'amour fou de Jack pour New York. Elle errait à travers la ville, en faisant des sauts de bus, comme elle aimait à dire, se retrouvant dans des quartiers inconnus qui lui donnaient l'impression que Londres était capable de générer presque autant d'énergie bourdonnante que New York, mais, pour une raison mystérieuse, n'y parvenait pas complètement.

Elle commença à travailler comme assistante de recherche pour un professeur en sciences politiques de la London School of Economics, mais dut s'arrêter à cause de sa première grossesse qui fut un vrai cauchemar. Elle fut obligée de passer les trois quarts du temps au lit, ce qui fait qu'elle lut et relut tout ce qu'elle trouvait à se mettre sous la dent, y compris les écrits secrets de Jack. Le seul sujet sur lequel elle refusait de réfléchir ou de lire quoi que ce soit était le fait qu'elle s'apprêtait à devenir mère.

Lorsque le bébé, un garçon, naquit enfin, dans des circonstances beaucoup moins traumatiques que celles qu'elle avait imaginées, Sasha fit une découverte frappante : elle ne pouvait pas le nommer. C'est-à-dire qu'elle se trouvait dans l'incapacité de choisir un nom et un seul parmi ce qui lui apparaissait comme un tourbillon d'identités possibles. Donner un nom à cet enfant reviendrait à lui imposer une personnalité, à l'inscrire dans un contexte. C'était aussi lui reconnaître une existence en tant que personne dans son nouveau rôle de femme à elle. Enfin bon, c'est toujours le même moi, pensait-elle en contemplant les minuscules poings serrés de son fils. Elle avait six semaines pour choisir, selon la loi du pays, et elle était décidée à prendre son temps.

Jack devenait fou, mais s'efforçait de dissimuler son impatience derrière un masque de self-control que son visage naturellement impassible était à même de contrefaire. Il proposa deux prénoms : un juif, en l'honneur des racines de Sasha, et un anglais, en l'honneur des siennes. Samuel (qu'on pourrait raccourcir en Sam), et Julius – pas de diminutif.

« Nul, dit Sasha. Plutôt mourir.

– D'accord, chérie, alors que suggères-tu ? »

Elle le détestait quand il l'appelait chérie. C'était sa façon d'ironiser sur les premiers signes de sa démence naissante.

« Ch'ais pas encore. On a tout le temps. »

Mais les semaines passaient et la recherche harassante d'un prénom se poursuivait. Ils arrêtèrent de se parler le soir, à part pour hurler les noms auxquels ils avaient pensé pendant la journée.

« Cyrus.

– Tadeuz.

– Nicholas.

– Daniel.

– Peter.

– Shmuel. »

Au bout d'un moment, Sasha reconnut le motif qui se cachait derrière son indécision. C'était une force semblable à celle qui l'avait poussée à la frivolité, et lui avait donné l'envie de baiser tous les hommes un tant soit peu séduisants qu'elle trouvait sur son chemin. Choisir l'un d'entre eux revenait à s'installer, à se compromettre, à perpétrer le péché impardonnable de l'ennui familial.

Et voilà qu'elle se retrouvait finalement prisonnière du même cycle infernal. La moindre des choses était de se rebeller en ne donnant pas de prénom à ce pauvre enfant. Il pourrait choisir celui qu'il voudrait en grandissant.

Lorsqu'elle dit ça, Jack cessa de ruminer sa rage silencieuse et lui flanqua une gifle. Puis il regarda, stupéfait, sa main coupable et se mit à pleurer, en chœur avec le bébé qui hurlait déjà de faim depuis un moment.

Soudain, une brise de félicité plana dans l'air. Sasha lui rendit la gifle, et bondit pour se retrancher finalement dans une version assez normale de sa personnalité aux multiples facettes. Elle prit dans ses bras le nourrisson pourpre de colère et, tandis qu'il se mettait à téter férocement son énorme téton brun foncé, elle se balança d'avant en arrière dans le fauteuil, pour réfléchir. Puis elle dit :

« Je sais. Appelons-le Ninel.

– Ninel ?? Qu'est-ce que c'est que ce nom ?

– Tu sais. Lénine en verlan. En l'honneur de mon héritage. »

Ils discutèrent, très calmement, afin de ne pas troubler le bébé. Le délai de six semaines prenait fin le lendemain matin. Et avec lui l'interdiction des rapports sexuels après l'accouchement.

Il se trouva que « Ninel » n'était pas une option légalement acceptable. Le nom n'existait tout simplement pas, de l'avis de l'employé d'état civil charmant qu'ils allèrent voir pour déclarer le nom de leur enfant. Il n'apparaissait sur aucune des listes de prénoms étrangers, qui incluaient pourtant nombre de prénoms « ethniques ». Ils pouvaient le garder en deuxième, mais pas en premier prénom. Alors, que choisissaient-ils ?

Jack lança à sa femme un regard désespéré. Sur son visage commençait néanmoins à se développer une expression signifiant clairement « Franchement ma chère, je m'en contrefous », qui menaçait de se transformer rapidement en quelque chose d'un peu plus dramatique.

« Jonathan, dit Sasha, sans le consulter. Simplement Jonathan. »

Cette nomination fut le premier pas de son initiation à la vie telle qu'elle avait été vécue par des centaines de générations avant elle. Elle apprit peu à peu à se fondre dans le décor pour laisser ses enfants occuper le premier plan. Lorsqu'elle essayait de leur dire à quel point ils étaient ignorants, ça les faisait rire. Lorsqu'elle tentait de les convaincre que leurs parents avaient été bel et bien vivants longtemps avant d'avoir seulement l'idée de devenir des parents ou des amants, ils rigolaient ou ricanaient et quittaient la pièce. Ils n'avaient pas tort.

Mais soudain, alors qu'elle écoutait les tentatives musicales de son fils pour s'approprier Marx, elle en eut assez. Elle sortit en trombe, et se précipita dans la librairie la plus proche. Heureusement, ils avaient trois exemplaires de *Portnoy et son complexe* en stock. Elle les acheta tous, courut dans la rue couverte de feuilles rousses jusqu'à sa maison, et grimpa les deux étages qui menaient à la chambre de Jon. Ses amis étaient toujours là, en train d'expérimenter un nouveau son de basse rythmique. Elle fit mine de l'ignorer, bien qu'elle adorât, en réalité, les pulsations qu'il envoyait dans sa tête et dans son corps, et tendit à chacun d'eux un exemplaire du livre.

Une fois qu'il aurait lu Roth, elle donnerait à Jon les articles secrets de son père sur New York, qu'elle avait tapés et sur lesquels elle avait pleuré à la mort de Jack, après la naissance de leur second enfant. Ils seraient alors tous deux en mesure de parler.

Mauvaise langue

La dernière fois que je me suis fait agresser dans le métro, le type m'a dit : Retire-la, retire-la. Mais je n'y suis pas arrivée, alors que mes mains étaient si moites qu'elles laissaient des traces partout sur ma jupe de soie grise tandis que j'essayais de cacher la bague entre mes genoux ou sous mes cuisses. Lui l'avait repérée tout de suite, à l'instant où j'avais levé la main pour ôter mes anneaux d'oreilles. Je me fichais pas mal qu'il me les vole, ceux-là. Je me fichais de tout, ce que je voulais, c'est qu'on en finisse, qu'il sorte du wagon, les poches bourrées de tas de trucs appartenant à des tas d'autres gens, et bonsoir.

Mais la bague ne voulait pas partir, parce que je ne suis plus la personne que j'étais au moment de mon mariage. Et je ne parle pas seulement de mon poids. À vingt-deux ans, j'étais bronzée, irrémédiablement stupide et déterminée à épouser le mari entre deux âges de ma meilleure amie. Aujourd'hui, à quarante-deux ans, je suis, comme on dit, « un Rubens », pâle, en dépit de la saison (cœur de l'été à New York), et, à l'unanimité de mon entourage, plutôt intelligente. Le mari dont j'ai parlé est bien à moi, il va sur ses soixante ans, et si je n'avais pas mon chien, je serais la personne la plus solitaire du monde.

C'est une bague qui ne passe pas inaperçue, avec son mélange assez spectaculaire d'or jaune et d'or blanc. James avait insisté pour que je la porte. Deux mariées, une bague. Le plus étrange, c'est que Diana était au courant et n'en prenait pas ombrage. En fait, elle l'avait retirée sans effort de son doigt aussi maigre qu'un crayon et presque transparent, quand elle s'était aperçue qu'elle ne cessait de la perdre dans les replis du drap à chaque fois qu'elle bougeait (ce qui était rare). Diana avait vingt-deux ans quand elle est morte. Je n'aurais jamais épousé James si elle n'avait pas disparu.

Tout commença avec la petite carte postale que Diana m'envoya de New York. Nous ne nous étions pas revues depuis cette dernière cigarette partagée dans le fumoir des élèves de notre lycée à Hambourg, juste avant nos examens de sortie. On était en plein dans les années libérées d'après 70 et l'on nous accordait des privilèges tabagiques spéciaux à l'intérieur même de l'établissement. Diana fumait des Gitanes, pas un truc de gamine, et semblait un genre de version inachevée de Lauren Bacall. Elle avait du style et des tas de projets, qui avaient tous quelque chose à voir avec aller vivre à New York, dans une totale et absolue liberté. Elle haïssait ses parents, agréables et polis, qui, apparemment, se haïssaient l'un l'autre. Elle disait qu'elle voulait être entourée de millions d'inconnus agressifs, au sang chaud. D'où New York.

La carte postale disait seulement ceci :

Chère Paula

James (mon mari) te paiera ton billet et tout le reste si tu viens ici passer l'été avec nous. Appelle-moi en PCV. Je t'en supplie, appelle.

Diana

Je ne savais même pas qu'elle était mariée. Nous n'avions que vingt-deux ans à l'époque. Je téléphonai. La voix de James était agréable et polie – un peu comme celles des parents de Diana, mais en anglais. Diana était très malade et avait besoin d'une amie « du pays ». Non, pas ses parents. Elle n'avait parlé que de moi, avait dit que j'étais la seule personne qu'elle pourrait supporter auprès d'elle. Viendrais-je ?

J'avais envisagé de me commettre dans un vague boulot pour une feuille de chou locale, rien de passionnant. Le genre de chose qui est censée vous « ouvrir des portes ». Un été à l'étranger ne semblait pas mettre en péril mon avenir, ma mère et mon beau-père s'en fichaient, si bien que j'acceptai.

James Painter (troisième du nom, comme je l'appris plus tard) était un homme anguleux, richissime, très grand, policé et froid comme un glaçon. L'histoire de leur première rencontre et de l'union qui s'ensuivit était jolie et banale. Diana était une serveuse maladroite à un élégant banquet de mariage dans le Connecticut, James était garçon d'honneur. La serveuse renverse du vin rouge sur la chemise blanche du garçon d'honneur. Le garçon d'honneur remarque l'accent allemand émoustillant dans les excuses de la serveuse. Diana accepte une invitation à déjeuner en ville, un autre déjeuner, un dîner ou deux. Couche avec James entre deux ou parallèlement à d'autres hommes – elle ne faisait jamais attention avec qui elle couchait. Mais il veut l'épouser, la trouve sculpturale, nordique, et impressionnante de détachement. Elle, ça lui est égal. Mariage (durant lequel elle remarque qu'il fait des œillades à une serveuse suédoise). Diana devient Mme Painter, et pas grand-chose d'autre. Très peu de temps après, on lui diagnostique un cancer des poumons.

C'est là que j'entre en scène. Leur maison de Greenwich était, à mes yeux, un manoir de contes de fées, constitué d'espaces à peine habités et magnifiquement arrangés, partout où le regard se posait. Pas un bruit, pas un son, à part quelques conversations à voix basse et relativement courtes entre James et Diana, et beaucoup de Brahms. Je ne sais pourquoi, James était un fan de Brahms.

Cela changea avec mon arrivée. Diana voulait être de nouveau elle-même, du moins tant qu'elle en avait la force. Elle me demanda d'organiser des fêtes (elle avait eu le temps de se faire quelques amis avant de rencontrer James), dans la maison, sur la pelouse, près de la piscine, dans divers salons… Nous avons rempli les pièces aérées d'inconnus odieux, de martèlements de musique funky, de restes de nourriture et de bouteilles vides, de draps sales, de parfums et d'odeurs étrangement compatibles. Diana ordonnait, je ne faisais qu'exécuter et appréciais ma tâche au plus haut point. Elle ne voulait pas s'arrêter de fumer ; alors même qu'elle allait de plus en plus mal. Je ne l'embêtais jamais avec ça. C'est la première vraie saloperie dont je me sois rendue coupable.

James devint un observateur flegmatique de ce spectacle continu, toujours poli avec les invités, mais visiblement exaspéré par l'ensemble. Jusqu'au jour où il se mit à tourner nos petites réunions à son avantage, en prodiguant des drogues de qualité et le genre de filles qui vont en général avec. Il emmena ces filles dans sa chambre à coucher, que Diana y fût ou non. Il emmena d'autres filles, des amies de Diana. Puis un jour, il m'emmena, moi.

Je sais que Diana l'avait vu venir, et je me rappelle

l'ombre presque imperceptible d'un sourire plissant ses paupières fatiguées. Elle fit un signe de tête dans ma direction, en me regardant droit dans les yeux, pas James. Ça ressemblait à une marque d'approbation très bizarre et légèrement écœurante. Elle semblait dire : D'accord, je suis en train de mourir. Comme ça tu pourras me remplacer quand je ne serai plus là.

Bon, j'ai menti. Tout le paragraphe qui précède est un mensonge. Je suis bel et bien montée dans la chambre avec James, mais Diana ne nous a pas vus. Je ne crois pas non plus qu'elle aurait approuvé, le cas échéant. Lorsqu'elle me donna sa bague, quelques mois plus tard, ce n'est pas parce qu'elle voulait que j'épouse son mari après sa mort. C'était censé être un gage d'amitié pour que je ne l'oublie pas.

James m'a pratiquement violée. Non, je mens, une fois de plus. Lorsqu'il ferma la porte et me poussa doucement vers leur lit impeccablement fait, je me sentis à ce point troublée et excitée que je fus forcée de faire comme si j'étais complètement passive, sans la moindre volonté personnelle. Il fallait que je fasse comme si ce n'était pas vrai. Comme si je n'étais pas vraiment là, pas vraiment mêlée à cette situation ignoble. Mais, la vache, mêlée, j'y étais carrément. Certains hommes se révèlent beaucoup plus tendres au toucher qu'on ne se l'imaginerait. Quant à moi, au fait, j'étais techniquement vierge.

Pourquoi suis-je incapable de raconter les choses

comme elles sont arrivées ? James n'a jamais, jamais essayé de me toucher quand Diana était encore en vie. C'est moi qui ai tout manigancé. J'étais jalouse de toutes ces femmes arrogantes aux yeux rouges qu'il n'arrêtait pas d'emmener dans leur chambre. Non que j'eusse le moindre droit sur lui ; c'était le mari de Diana et je n'étais là que pour lui tenir compagnie à elle, durant quelques mois. Qui, en fait, se prolongèrent en une année entière.

Diana et moi entretenions une relation un peu étrange. Nous savions à peu près tout l'une de l'autre, y compris ce que chacune pensait des seins de sa camarade, mais nous ne parlions jamais beaucoup. Partenaires de fumette silencieuses. À un moment de notre adolescence, nous étions devenues particulièrement attentives à la présence l'une de l'autre. Depuis ce jour, nous étions restées liées, même à distance. Mais je n'appellerais pas ça de l'amour. Je n'appellerais pas même ça, après coup, de l'amitié. On peut vivre en parallèle sans jamais être réellement amis.

À New York, je découvris une Diana émaciée mais pas triste. Elle se fichait de mourir, déclara-t-elle d'un ton sec dès que nous fûmes seules. Elle était devenue un brin mystique. Elle était absolument persuadée de pouvoir recommencer de zéro, dans une autre vie. Avec des parents qui ne feraient pas semblant d'être anglais dès qu'ils voyageaient à l'étranger.

Les fêtes étaient censées former une barrière phonique entre son esprit et le monde extérieur. Son cancer était trop avancé pour tenter un traitement, si bien que nous n'avions rien d'autre à faire qu'attendre. Je pensais qu'elle voudrait parler, mais non. Presque du jour au lendemain, elle avait sauté deux décades dans sa vie pour se retrouver dans la peau d'une beauté incandescente d'âge mûr, tenant salon à une foule assez surréaliste. Lorsqu'elle mourut, dans son propre lit, un an après mon arrivée, elle ne me serra même pas les doigts.

Après l'enterrement – James, quelques amis et moi – je retournai à la maison pour faire les bagages. James, dans l'encadrement de la porte, me regardait.

Puis il dit :

« On tire un dernier coup. »

Il suça le doigt auquel je portais la bague de Diana. Il me fit dire des choses en allemand. Il avait toujours une petite réserve de cocaïne pour moi. Il finit par m'épouser, puis, quand nous emménageâmes à Chelsea, il m'acheta mon premier chien. C'était un boxer brun foncé, et aujourd'hui, je promène son clone en laisse. Maintenant que James dort dans son bureau, Freddy et moi partageons le grand lit.

J'attends impatiemment que cette histoire parle enfin de moi. Vraiment de moi. Mais peut-être que ça n'a jamais été, et ne sera jamais le cas.

Après la mort de Diana, j'ai pris la décision consciente

de l'oublier. Je pensais que c'était la chose la plus sage à faire. Mais chaque chose ne cessait de la rappeler à moi. Ses vêtements. Sa vaisselle. Sa bague. Son mari.

James était aussi froid avec moi qu'il l'était avec le reste du monde. Parfois je parvenais à attirer son attention et il ne me lâchait plus pendant un moment. Mais c'était rare. C'est pour ça qu'il m'a acheté un chien.

La coke, à l'origine, me faisait du bien. Elle m'aidait à partir du bon pied et me faisait écrire. James le savait. Il savait aussi que mon anglais était encore plus mauvais que celui de Diana. Si bien qu'au bout de deux ans à New York il accepta de me payer quelques cours de langue à un tarif exorbitant. Mais j'en appris davantage en promenant le prédécesseur de Freddy dans le quartier, et en parlant aux mêmes personnes tous les jours.

Puis il m'envoya à un cours d'écriture fictionnelle dispensé par un type pansu, du nom de Joshua Engel. Engel trouvait que mon écriture était « magnifiquement tronquée ». Il me conseilla de me débarrasser de la plupart des dialogues. Je ne voyais pas où il voulait en venir, mais je fis ce qu'il me disait. Lorsque j'écrivis une nouvelle à propos de James et de Diana, Engel la publia dans l'une de ses anthologies.

James fut ravi, à ma grande surprise. L'histoire lui plaisait. Il m'installa un bureau en bonne et due forme, avec une authentique table de travail d'époque victorienne, une lampe de bureau verte, et un portrait de son arrière-grand-père au visage farouche juste au-dessus. La table était recouverte d'une plaque de verre, parfaitement adaptée à ma petite habitude. Il s'attendait à ce que je continue d'écrire des histoires sur lui, sur Diana, sur lui et Diana. Pas sur moi.

Il invita Engel à dîner un soir. Je restai assise en silence tandis que les deux homme discutaient de mon écriture, qui, d'après Engel, devenait de plus en plus tronquée et donc de plus en plus publiable. Il dit également que certains de ses étudiants s'étaient mis à copier mon style. Ces phrases taillées à la serpe, dit Engel, étaient évidemment un effet de mon emploi tâtonnant de la langue anglaise. James le contredit. Il pensait qu'elles étaient davantage redevables au désordre de mon intelligence. Il ne mentionna pas l'usage que je faisais de la cocaïne.

Mon écriture se mit peu à peu à remplir une fonction secondaire et inattendue. En me relisant, je voyais soudain apparaître une image de James qui était une image de Diana qui était elle-même une image de moi. Mon écriture n'était pas tronquée, elle était tout simplement épouvantable. Engel était un imbécile. C'était le portrait du monstre à trois têtes qui avait fini par émerger de mon travail – James en dévoreur malade de jeunes étrangères, Diana en sirène/fantôme autodestructrice, et moi : la cocaïnomane égocentrique et hyperactive, voleuse de mari, écrivain froid à la langue tronquée.

Puis, un jour, je découvris une description assez juste d'un aspect de New York dans l'une de mes histoires. Rien de renversant, rien qui aurait mérité l'ajout d'une bande-son, juste un court paragraphe sur un voyou commettant une agression. Je le maintins sur la page jusqu'à ce qu'il ait l'air réel, et, pour la première fois, m'essayai à un dialogue. Ou plutôt à un monologue, car le voyou parlait sans attendre de réponse. Retire-la, retire-la, disait-il. Je fis semblant de me battre avec la bague (ma main était plus fine que celle de Diana), et je la lui tendis. Tout simplement, comme ça.

Sans surveillance

« Alors, comment comptes-tu faire pour perdre ta virginité ? » me demande mon père d'un ton anodin. Peut-être a-t-il dit « te débarrasser » au lieu de « perdre ». C'est incertain. Le rêve se fond ensuite dans une scène beaucoup plus ordinaire, nous marchons d'un pas rapide le long d'une rue de banlieue déserte. Puis plus rien.

Je n'ai pas de père. Ma naissance résulte d'un moment de passion égarée entre ma mère, alors âgée de dix-neuf ans, qui passait un été comme bénévole étrangère dans un kibboutz du désert du Néguev, et un soldat israélien, lui aussi âgé de dix-neuf ans, lequel se trouvait en faction à la grille d'entrée par une nuit sèche et fraîche du mois d'août. Sa mission comprenait aussi un tour de garde des baraquements. À trois heures du matin, ma mère était justement assise à la fenêtre, entièrement nue, respirant l'air vif du désert en pensant avec dégoût à son vol de retour pour New York le lendemain soir. Le kibboutz resta sans surveillance pendant une dizaine de minutes cette nuit-là.

Autre hypothèse. Ma mère fut habilement séduite par Tom Diaco, un ami intime de ses parents, durant une de ses visites d'été traditionnelles dans leur cottage de Shelter Island. Mme Diaco et mes grands-parents jouaient aux cartes sur la véranda jusque tard dans la nuit. Tom Diaco, lui-même sans enfants, détestait les cartes et adorait parler à ma mère (ou à qui que ce soit d'un peu attentif à ce qu'il disait) de son écriture (deux magnifiques polars et cinq très mauvais romans). Ma mère était flattée par l'intérêt qu'il portait à son opinion ; elle ne se formalisa pas des mains légèrement ivres et baladeuses qui se promenèrent sur son corps, lequel semblait s'être découvert une vie en soi. Tandis qu'il lui faisait l'amour, doucement, furtivement, dans sa petite chambre qui donnait sur la cuisine, elle dut lutter contre des accès équivalents d'excitation et de nausée lorsqu'elle s'imagina dans la peau d'un personnage de ses romans. (La scène en question finit par apparaître dans un troisième polar, à la demande de l'agent de Diaco qui considérait que l'intrigue manquait de cul.)

Ces deux rencontres pourraient être qualifiées de fugaces, arbitraires, presque non avenues. À la limite du fantasme. Le plus vieux des deux candidats avait assuré à ma mère qu'il était stérile (d'où son absence de descendance), et ne l'approcha plus jamais, sexuellement, pas plus qu'il ne fit allusion à l'incident de quelque manière que ce soit (sauf en l'écrivant). Elle n'avait pas échangé plus de dix mots avec le soldat israélien, en anglais de cuisine ; elle avait appris son nom (Tal), son âge et le fait qu'il était censé quitter le kibboutz le surlendemain. Elle ne le revit jamais. D'ailleurs elle aurait été incapable de le reconnaître si l'occasion s'était présentée ; elle ne garde pas le moindre souvenir de ses traits et n'est même pas certaine de la couleur de ses cheveux. Il était simplement, dit-elle, le symbole tangible d'un été irréel qui touchait à sa fin. C'était comme coucher avec un fantôme. Les précautions d'usage ne semblaient pas nécessaires.

L'intervalle de temps entre ces deux aventures accidentelles avait été de trois jours exactement. À son retour d'Israël, ses parents étaient venus la chercher à l'aéroport Kennedy pour la conduire directement à la maison de campagne, sans passer par leur demeure de New Rochelle. Diaco et sa femme étaient déjà sur place. Ma mère, pas vraiment belle mais saturée de soleil moyen-oriental et possiblement déjà imprégnée de semence moyen-orientale, pouvait difficilement passer inaperçue aux yeux d'un homme mûr qui l'avait connue depuis l'enfance. Sa stérilité devint quelque peu contestable lorsqu'il quitta sa femme deux ans plus tard pour épouser sa jeune secrétaire, qui donna naissance à un fils et deux filles en cinq ans. Mon grand-père est toujours en contact avec la première femme de Tom, mais pas avec lui, tandis que ma grand-mère refuse de voir la vieille Mme Diaco, tout en communiquant régulièrement avec Tom et sa nouvelle famille.

Considérant que ces deux hommes pourraient être mon père, j'ai tendance à préférer l'option israélienne. Tal était, et reste, un paramètre inconnu. Un mystère de gènes, de personnalité, de choix politiques, d'esthétique, de relation avec Dieu, de tempérament, de goûts culinaires et vestimentaires, de timbre vocal. De conditions matérielles. Il se pourrait bien que je rate le gros lot en ignorant qui il est. D'un autre côté, je pourrais avoir à m'en féliciter. Imaginez que ce soit une espèce de connard. Un tyran domestique. Un violeur d'enfants. Un imbécile. Un informaticien au chômage, ou un artiste raté. Un être inférieur, terriblement peu sûr de lui. Ou encore un type doté d'un ego genre bulldozer. Peut-être est-il mort à la guerre (il y en a eu au moins deux depuis ma naissance). Mais tout cela m'est égal. Je peux m'affranchir de lui, à jamais.

Tom Diaco est aujourd'hui un homme filiforme d'une soixantaine d'années, qui en paraît moins. Il a cessé d'écrire des romans d'ambition littéraire, ou du moins a arrêté de les faire publier, et s'est constitué une véritable petite fortune au cours des dernières années grâce à ses polars, qui exploitent l'aspect le plus meurtrier de la vie dans les banlieues américaines. Bien qu'Italien déchu, il a un type plutôt sémite. Il participe à des débats télévisés et traîne avec le gratin éditorial de Manhattan. Je le vois parfois dans la résidence de ma grand-mère (mes grands-parents ont divorcé il y a quelques années). Il est amical, dans un genre un peu fuyant. Si j'avais besoin d'un père énergique, égocentrique et élégant, pourvu de relations utiles dans les bas-fonds littéraires, il serait parfait. Mais ce n'est pas le cas. Je n'ai pas besoin de père.

Dans le rêve, il apparaît toujours sans visage. Un peu comme une ombre douée de parole. C'est lui qui fait l'engagement en me lançant une question impertinente, comme celle concernant ma virginité, et si je ne réponds pas, il s'efface tout bonnement, comme à la fin d'un clip vidéo. Mais si je dis quelque chose, n'importe quoi, le rêve se poursuit aussi longtemps que nécessaire pour achever notre conversation. J'aime attendre le moment où il repose la même question une deuxième ou une troisième fois, ce qui me laisse le temps d'y réfléchir (j'espère qu'il ne sait pas ce que je pense quand je ne suis pas en train de rêver).

« Des suggestions ?

– Eh bien, il y a plusieurs possibilités. Tu pourrais te livrer à des expériences, comme ta mère. Tu pourrais décider que c'est un projet de recherche à rendre pour ton dix-huitième anniversaire.

– Dix-neuvième.

– Hum. Ou alors, tu peux attendre l'amour. Tu sais, le grand, le vrai.

– Je pourrais aussi laisser ça de côté. Je veux dire, pour toujours.

– L'abstinence ? !

– Ouais.

– Mais pourquoi ? Tu es un être humain. Tu as des besoins.

– Je les supprimerai. Je les canaliserai dans quelque chose de créatif. Je… tu vois.

– Tu ne peux pas me faire ça. Mes petits-enfants ont le droit de naître.

– Tes quoi ? Qui es-tu, de toute façon ?

– Ton père », soupire-t-il, et nous nous séparons pour cette nuit.

Je considère cela comme un discours assez cohérent, je l'écris donc. Je le montre à ma mère. Elle se met à pleurer. Ma mère, si calme, si cérébrale, si analytique. Je la regarde sans rien faire, j'attends qu'elle s'arrête. D'habitude elle ne fait pas ce genre de choses devant moi. Nous nous efforçons normalement de surmonter ce genre de moments quand nous sommes ensemble.

« Ce n'est qu'un putain de rêve, dis-je. Pas la peine d'en faire un plat, si ? »

Elle lève la tête et je me rends soudain compte qu'elle est incroyablement jeune. Jeune, forte et seule – à part moi. Ma naissance n'a pas vraiment interféré avec ses études et son projet de devenir psychologue (mes grands-parents ont beaucoup aidé). Elle a navigué à travers cette suite d'épreuves (sa vie et la mienne) sans jamais perdre les pédales. Elle m'a guidée, en douceur, parfaitement, et nous voici aujourd'hui, deux adultes mis en présence l'un de l'autre par des circonstances mystérieuses. Avant ça, je n'avais jamais pris la mesure de l'étrangeté de ma situation. Je considérais ma mère comme mon magicien personnel. Les magiciens ne pleurent pas. Ils n'ont qu'à… faire leurs tours.

J'imagine qu'elle pleure parce que le rêve la fait penser à l'amour. Peut-être est-elle triste que l'amour ne soit pas entré en compte dans ma conception. Moi je crois qu'il n'était pas absent. Même s'il n'a duré qu'un moment. C'est le cas pour toutes les conceptions. Mes parents – pensée étrange – n'étaient que deux corps dans la nuit, s'accouplant, sans raison. Mais l'attirance avait dû être incroyablement intense, pour leur faire oublier tout ce qu'ils savaient de la contraception. Je ne peux m'imaginer autre chose que deux personnes se recevant mutuellement dans un mouvement complètement naturel et primitif. Ce qui aurait tendance à exclure Diaco. Par pitié, Seigneur.

Sa voix m'étreint le cœur lorsqu'elle me dit en ravalant ses larmes : « J'ai vraiment essayé de le retrouver. Mes parents m'y ont encouragée à l'époque. Ça n'a pas marché. Si tu vas un jour en Israël, n'importe quel homme de mon âge nommé Tal pourrait être ton père. » Elle marque une pause. « Je n'irais pas à sa recherche, si j'étais toi.

– Je ne comptais pas le faire. J'ai d'autres plans.

– Vraiment ? Quoi ? »

Je ne sais pas comment lui dire. La réponse a beaucoup à voir avec une énorme envie d'amour primitif et sans restriction. À ceci près : je n'ai pas l'intention de devenir père du moindre enfant si c'est pour ne le rencontrer qu'en rêve.

Les Frères Gladstone

Les frères Gladstone, Simon et Dave, se voyaient tous les vendredis matin au club de sport Body 2000 de Covent Garden, en vue de s'écraser l'un l'autre au squash ou au tennis, de se défier à la course dans la piscine, de comparer leur ratio masse musculaire/masse graisseuse et de fanfaronner sur leurs performances de la semaine au lit. La fanfaronnade avait lieu, en général, dans le sauna ou le Jacuzzi, et, s'il y avait d'autres personnes en présence, Simon et Dave passaient sans effort à un langage codé sommaire. Aux oreilles d'un non-initié, cela ressemblait à la description d'un long dîner élaboré dans un restaurant à la mode (Simon), ou d'un grignotage rapide au café du coin (Dave).

Leur goût farouche pour la compétition était assez inhabituel chez de vrais jumeaux – c'est du moins ce que leur avaient toujours dit leurs dizaines de parents et d'amis, sans masquer leur inquiétude à ce sujet. Mais Dave et Simon n'étaient pas des rivaux jaloux. Ils mesuraient leurs forces et leurs faiblesses, dans un esprit ludique de tendre curiosité. Contempler le corps de l'autre au gymnase équivalait à se regarder, avec amour, dans un miroir légèrement déformant. Et ils avaient contracté cette habitude dès leur plus jeune âge ; il y avait peu de différence entre les courses échevelées dans la piscine luxueuse en forme de haricot, sous une profusion de plantes tropicales, et la lutte à mains nues d'autrefois sur le linoléum défraîchi de la cuisine encombrée de leurs parents à Streatham. Si ce n'est qu'à l'époque, leur nom de famille était Glattstein.

« En veine cette semaine ? » demanda Dave, en versant un seau d'eau sur les charbons ardents. Le sauna avait atteint une chaleur insoutenable, mais cela aussi faisait partie de la compétition : qui serait le dernier à sortir ? Ils étaient tous deux baignés de sueur parfumée. L'odeur naturelle du corps des frères Gladstone était étonnamment douce, presque semblable à celle d'un bébé, considérant leurs physiques impressionnants.

La réponse de Simon fut un sourire amer. En vérité, la réponse était non, il n'avait pas été capable de persuader Julie de penser – ne serait-ce que penser – au sexe ; en même temps, on n'était que vendredi, et l'arrivée du week-end changerait peut-être les choses. Il ne comptait pas détailler tout cela à Dave, parce que ce n'était pas nécessaire. Ils savaient toujours, plus ou moins, ce que l'autre pensait.

« À ce point, hein, dit Dave, avec un mauvais sourire de satisfaction diabolique. Eh bien, Valerie, au contraire…

– Jacuzzi ? Simon se leva, laissant tomber sa serviette.

– Jacuzzi », répondit Dave, en imitant son geste.

C'était un rituel. Le premier à exposer sa nudité dans la chaleur à couper le souffle de la cabine de bois était le perdant autoproclamé. Mais ce jour-là, Simon arborait une expression de profonde résignation. Ça ne ressemblait plus à un jeu, pensa Dave.

Ils n'étaient pas seuls dans le Jacuzzi. Une femme volumineuse au bronzage soigné et une adolescente décharnée – la mère et la fille, vraisemblablement – étaient assises entre Dave et Simon, et papotaient avec agitation, d'un ton uniformément haut perché. Les orteils vernis en indigo de la plus âgée des deux femmes, qu'elle offrait aux regards juste au-dessus de la surface bouillonnante de l'eau verte, évoquaient pour Simon les pieds de Julie : bruns et roses, soignés, et toujours froids comme des glaçons. Symptôme classique d'une mauvaise circulation, pas étonnant dans ces conditions, pensa-t-il, que Julie soit devenue immobile, comme un sphinx, presque muette. Ce n'était plus vraiment l'affaire qu'il avait cru faire, des années auparavant, lorsqu'il avait commandé un whisky dans ce drôle de coucou tchèque, et qu'elle le lui avait apporté avec un sourire radieux et un déhanchement électrisant.

Simon et Dave avaient importé leurs femmes d'Europe de l'Est, où ils s'étaient rendus souvent pour leur travail, après la vague de révolutions postcommunistes. Julie et Valerie étaient tchèques, ce qui aurait pu, au bout du compte, être le premier indice d'une parité entre les frères. Mais le « trophée » de Simon était, tous critères confondus, d'une classe supérieure à celui de Dave, car, en fait, Julie était noire. Une Noire née en Tchécoslovaquie : son père, un Américain, était venu à Prague en 1960 pour chanter dans une production invitée de *Porgy and Bess*. Sa mère, qui était alors une jeune maquilleuse, le vit tous les jours durant le séjour de deux mois de la troupe à Prague, puis plus jamais. Elle avait reçu quelques lettres de lui, au fil des ans, et même de l'argent. Mais il était marié, avait cinq autres enfants, et une carrière en lambeaux dans le show-biz. La mère de Julie l'avait donc élevée seule, essayant de la protéger des plaisanteries et des taquineries racistes dont elle était sans cesse la cible. Elle disait à Julie, qui était peut-être le seul enfant noir de tout Prague, que son père avait été la vedette principale de l'Opéra, alors qu'en vérité il n'était qu'un membre obscur du chœur. Elle l'encourageait à dire à tout le monde qu'elle était américaine, et lui payait des leçons d'anglais très onéreuses. Julie avait hérité de son père une voix magnifique, mais elle manquait de confiance en elle et ne ressentait pas le besoin de se produire en public. Tout ce qu'elle désirait était se retrancher du monde, devenir invisible. Travailler comme hôtesse de l'air n'était pas un mauvais choix, de ce point de vue : voler de pays en pays satisfaisait son besoin de se trouver nulle part, de vivre dans une sorte de no man's land. Elle s'imaginait parfois tombant par hasard sur son père, ou effectuant des recherches le concernant à New York.

Au lieu de son père, elle trouva Simon, un producteur de télé britannique et taciturne, sur le vol de retour Prague-Londres. Il était grand, brun et presque beau. Ils se virent plusieurs fois, dans une ville ou l'autre, et tout se passait bien. Il y avait eu quelques moments étranges lorsqu'ils étaient sortis avec le jumeau de Simon, Dave, qui était le portrait de son frère, mais parlait et agissait comme la version classée X de la même personne. Un jour, Dave demanda à Simon, en présence de Julie : « Ça fait quoi de baiser un chocolat ? » C'était assez maladroit, même de la part de Dave, et il ne fut pas vraiment surpris lorsqu'elle le gifla si fort que la marque rouge de la main sur sa joue mit plusieurs jours à s'estomper. Après cet épisode, ils devinrent les meilleurs amis du monde et la question de Dave resta sans réponse.

Valerie, la toute petite épouse guillerette de Dave, travaillait comme guide touristique lorsqu'il l'avait rencontrée. Non que Dave eût été particulièrement intéressé par les curiosités culturelles de la ville ; il était venu pour étudier la possibilité d'investir dans l'immobilier et ouvrir, à terme, une chaîne de boîtes de nuit dans des caves médiévales classées. Mais son père avait insisté, des années plus tôt, pour que lui et Simon aillent absolument visiter l'ancien quartier juif, s'ils allaient un jour à Prague. Leurs parents étaient morts, mais, d'une certaine manière, leur absence physique accroissait l'urgence de cette modeste requête. Dave s'entendait presque penser : « D'accord, d'accord, papa, j'y vais tout de suite. »

Contrairement à ce qu'on pourrait en conclure, lui et Simon n'avaient pas grandi dans ce qu'on pourrait décrire comme le quartier juif de Londres. Streatham était tout à fait au sud, à l'exact opposé de la partie juive de la ville, et de son bourdonnement suffocant. Ils habitaient un immeuble des années 30 surplombant une séries de boutiques et terminé par une piscine découverte – un havre bienfaisant, par les jours de grande chaleur, pour les mères juives bien en chair avec leurs énormes poitrines mal soutenues et leurs remarques résignées et parfois mordantes concernant les insuffisances de leur vie. Mais elles n'étaient pas nombreuses ; leur communauté petite, et néanmoins autonome, n'était qu'une version miniature de la vraie. M. Glattstein était un invalide de guerre. Sa blessure était émotionnelle, pas physique. Il avait servi comme pilote de chasse, rien de moins ; la paix venue, c'était un homme complètement changé qui était rentré chez son épouse, un ermite. Il était nourri et soigné par Mme Glattstein, de manière à la fois bourrue et affectueuse, comme un troisième fils. Pendant qu'elle passait ses journées à s'occuper d'une petite boutique de dessous pour femmes fortes dans le quartier limitrophe de Brixton à une clientèle à prédominance afro-cubaine, le père ne décanillait pas du salon surchauffé, absorbé dans les jeux de cartes et les paris avec des petits délinquants locaux. Simon passait beaucoup de temps à traîner dans la boutique ; il adorait écouter les Jamaïcaines rieuses, observer leurs mains quand elles touchaient les énormes soutiens-gorge. Il imaginait leurs seins noirs emplissant les bonnets blancs, et trouvait un étrange réconfort dans cette vision. Il n'osait pas espionner derrière le rideau de la cabine d'essayage, car il savait que sa mère le bannirait à jamais. Il essayait plutôt de se rendre utile, faisant semblant de s'intéresser aux affaires de sa mère. Parfois il restait sur le seuil et regardait le magasin bizarre qui vendait des anguilles, juste à côté. Il contemplait, figé, le ballet des anguilles frétillantes, et leurs contorsions furieuses lorsqu'elles se retrouvaient sous le couteau pour être découpées sous les yeux enthousiastes des clients gourmands. « Vas-y, touche-la, aie pas peur », disait à Simon le propriétaire jovial des poissons maudits, mais le jeune garçon ne tendit jamais la main, se détournait toujours en essayant de masquer sa rougeur.

Dave, de son côté, adorait regarder son père en compagnie de ses rudes compagnons de jeu, à la descente sévère et, pour la plupart, diplômés de la proche maison d'arrêt de Brixton. Il régnait une atmosphère de joyeuse camaraderie dans leur appartement quand la mère n'était pas là et que M. Glattstein avait l'endroit tout à lui (avec l'approbation silencieuse de sa femme). Elle devinait toujours quand ses « gangsters d'amis », comme elle les appelait, avaient passé ne fût-ce qu'un moment à la maison : c'était la pagaille et ça sentait le fauve quand elle rentrait, épuisée, de sa boutique. Personne ne faisait attention à Dave – leur père était à peine conscient de l'existence de ses enfants de toute manière –, il pouvait donc s'asseoir tranquillement dans un coin, à moitié dissimulé derrière un rideau, pour écouter la langue fleurie, et se laisser bercer par les jurons colorés et les effluves de pub.

Leur père avait quand même, parfois, de bons moments de tendresse et de lucidité, durant lesquels il semblait redevenir la personne ouverte qu'il avait été avant la guerre. Lorsque ça arrivait, il se souvenait de ses compagnons d'armes tchèques dans les forces aériennes. Il y avait comme une étincelle d'amour dans sa voix et dans ses yeux pâles quand il se mettait à évoquer ces amitiés, qui lui semblaient plus réelles que tous les carnages dont il avait été témoin, plus réelles que sa propre femme et ses propres enfants. C'était dans ces rares moments de conscience de ce qu'il était vraiment, ou de ce qu'il avait été, qu'il disait à ses garçons : « Allez visiter le quartier juif de Prague. Mon ami Tomas me disait qu'il me le montrerait après la guerre. Moi, je ne peux pas y aller, parce qu'il est mort. Mais vous, vous pouvez. »

Simon choisit d'ignorer cette demande, et lorsqu'il visita Prague, il réussit à manquer l'ancien quartier juif, alors même qu'il le traversa à pied. Mais Dave avait décidé de s'acquitter de sa dette filiale aussi vite et aussi simplement que possible en réservant sa place dans une visite organisée. Valerie fut son guide. Après un regard expert à son tout-partout incroyablement compact et adorable, il renifla l'air embaumé de printemps qui flottait autour de ses cheveux blonds et courts tandis qu'ils marchaient ensemble dans les rues pavées, et, lorsqu'ils atteignirent la tombe de Rabbi Loew, sur laquelle Valerie se livra à un petit babillage concernant le Golem de Prague, Dave avait déjà pris sa décision : il l'épouserait. Le temps pressait : Simon avait annoncé son projet de mariage seulement une semaine plus tôt, c'était le moment ou jamais. Dave se vit donc contraint d'agir vite, en plantant un baiser inoubliable en plein sur la bouche de Valerie, au vu et au su d'un groupe de touristes hongrois totalement éberlués. Il n'eut jamais à le regretter.

Le double mariage fut, durant un temps, le sujet de conversation obligé du Tout-Londres. Les frères Gladstone étaient assez célèbres ; Simon avait rapidement grimpé les échelons de simple cameraman à directeur adjoint d'une nouvelle chaîne de télévision, tandis que Dave avait, au cours des années, brassé suffisamment d'affaires en déployant suffisamment d'astuces pour se retrouver finalement en possession d'un substantiel portefeuille de titres. Les deux frères étaient très demandés pour des événements visant à collecter des fonds, et prêtaient souvent leur nom, et leur fortune grandissante, à des fondations ou à des organismes humanitaires. C'était l'idée de Simon d'adopter la version « Gladstone » de leur ancien patronyme ; il pensait que ça sonnait mieux dans les cercles de pouvoir de l'audiovisuel et dans le monde de l'art. Dave n'émit aucune objection.

Julie et Valerie étaient très heureuses de venir habiter à Londres. La timidité de Julie fut contrebalancée par la personnalité facile et épanouie de Valerie, si bien que leur amitié grandit, lentement mais sûrement. Elles passaient souvent de longs après-midi ensemble dans des cafés de Hampstead, à ragoter sur les deux frères en tchèque, essayant de répondre à la question brûlante : à quel point leurs maris étaient-ils semblables ?

« Comme deux œufs », proposa Valerie au cours de l'une de ces sessions.

Elles rirent, parce qu'en tchèque « œufs » signifie « testicules ».

« Mais en fait, ils viennent bel et bien du même œuf. Ça fait drôle d'y penser, tu ne trouves pas ? dit Julie en sirotant son espresso.

– Et ça me rappelle, ajouta-t-elle. Tu sais qu'ils ont de prétendus œufs de poules élevées en parcours libre dans ce pays ? C'est marqué sur les boîtes que les poules qui ont pondu ces œufs ont eu la liberté de mener une *vie normale*.

– Exactement comme toi et moi. Alors, tu viens, ma poule ? » rit-elle, en déformant légèrement l'une des répliques favorites de Dave.

Les jours d'oisiveté prirent bientôt fin. Valerie devint une associée active dans l'entreprise de Dave à Prague ; elle voyageait avec lui et l'aidait à installer les boîtes de nuit, avec beaucoup de succès. Ils eurent un fils, et dirent pour blaguer qu'ils l'appelleraient Golem, en souvenir de leur premier baiser. En réalité, il fut prénommé Leo, comme le vieux M. Glattstein.

Julie se mit à passer la plupart de son temps seule, n'émergeant que rarement d'un brouillard rêveur, moitié euphorique, moitié flegmatique. Le lèche-vitrines était sa drogue, et cela ne dérangeait pas du tout Simon. Il fut seulement surpris de constater qu'au lieu d'accumuler des factures de chez Harvey Nichols ou Brown, Julie était devenue une accro des marchés couverts ou en plein air de différents quartiers de la ville. Son préféré se trouvait à Brixton, et elle le découvrit presque par accident ; un jour, elle s'endormit dans le métro en direction du sud et lorsqu'elle sortit de la station, elle se sentit poussée par une force mystérieuse à déambuler pendant des heures dans les rues environnantes. Lorsqu'elle le dit à Simon et lui montra les robes colorées qu'elle s'était achetées là-bas, il ne dit pas un mot. Puis il finit par marmonner quelques phrases sur la boutique de sa mère, se demandant ce qu'il y trouverait à la place aujourd'hui. Il n'avait pas revu le Londres de son enfance depuis que ses parents étaient morts, des années plus tôt. À présent, lui et Dave vivaient à Hampstead.

Mais durant les dernières semaines – ou était-ce les derniers mois ? – Julie avait changé. Elle avait arrêté d'explorer les marchés, cessé tout achat. Lorsqu'il quittait la maison le matin, elle était assise dans leur lit, les genoux collés à la poitrine. Lorsqu'il rentrait, tard le soir, il la trouvait exactement dans la même position, comme si elle n'avait pas bougé de la journée. Il n'avait pas la moindre idée quant à savoir si elle s'était habillée puis déshabillée de nouveau dans le courant de la journée, ou si elle avait passé tout ce temps en vêtements de nuit. L'odeur de renfermé qui régnait dans la chambre faisait plutôt pencher pour la deuxième hypothèse. La seule chose qui semblait passionner Julie à présent était le vernissage constant et obsessionnel de ses ongles de pieds. Elle avait rassemblé un grand éventail de couleurs de vernis, et les appliquait sur ses ongles lisses avec la méticulosité et la concentration d'un artiste.

Simon sentit un océan de tristesse envahir lentement

sa femme, mais il ne comprenait pas, ne pouvait pas comprendre sa profondeur réelle. Chez lui, la mélancolie allait et venait, suivant le rythme rassurant d'une marée régulière, sans laisser de traces plus marquantes. Julie, il le sentait, était presque perdue. Il l'aimait, pensait-il ; mais qui était-elle et où était-elle ? parfois elle paraissait aussi loin que son père l'avait été, à l'époque où il avait grandi près de lui sans jamais parvenir à l'atteindre, à le toucher.

Mais rien de tout cela ne pouvait se partager avec Dave, son frère blagueur et désinvolte. Sa vie à lui était en ordre, claire comme de l'eau de roche, marié qu'il était à une femme qui rendait tout facile. Une vraie partie de plaisir.

Était-ce vraiment le cas, d'ailleurs ? Valerie passait beaucoup de temps à Prague ces derniers mois, avec ses parents. Ils voulaient voir leur petit-fils, et il fallait qu'elle s'occupe de la gestion des affaires de Dave. Mais peut-être n'était-ce qu'un prétexte pratique. Peut-être était-elle fatiguée de sa vie avec Dave. Peut-être que la généreuse et suprêmement tolérante Valerie en avait soupé de l'appétit de son mari pour tout ce qui appartenait au genre féminin.

« Tu as tort », dit Dave. Ils étaient enfin seuls dans le Jacuzzi ; le couple mère-fille avait fini par partir. Même Dave n'avait pas nourri le moindre projet lubrique à leur endroit.

Simon le regarda, étonné. Tort à propos de quoi ? Il n'avait fait que réfléchir en lui-même. À présent son visage était en feu. L'une des différences agaçantes entre son frère et lui était que Dave ne rougissait jamais.

« Tort à propos de toi et à propos de moi, dit Dave, l'air inhabituellement solennel. Parlons d'abord de moi : Valerie n'est pas malheureuse du tout. Elle se fiche comme de l'an quarante de mes petits jeux à la noix, parce que, figure-toi, elle n'est pas la dernière à y jouer. C'est la grande éthique praguoise, tu ne savais pas ? Ça ne marcherait pas pour toi et Julie, je suppose, mais ça marche pour nous. Passons à Julie. Je lui ai parlé. Son problème c'est... en fait, c'est toi.

– Moi ? !

– Ouais. Parce que, selon elle – attention, ce n'est pas forcément ce que je pense, je ne fais que répéter ses paroles –, tu passes ton temps à la regarder comme deux ronds de flan, et tu ne lui dis jamais rien. Tu l'emmènes dans toutes ces fichues soirées et tout ce que tu lui demandes, c'est d'être à tomber à la renverse, ce qu'elle est. Résultat, elle est connue comme la silencieuse et mystérieuse Julie Gladstone, parce qu'elle n'ouvre jamais la bouche. Pourquoi crois-tu qu'elle se la ferme, comme ça ? Parce qu'à chaque fois qu'elle l'ouvre, les gens n'en peuvent plus qu'elle soit à la fois noire et d'Europe centrale. Elle en a marre de raconter toujours la même histoire, sans arrêt. Elle en a ras le bol d'être une bête curieuse. Elle croyait pouvoir se débarrasser de tout ça en s'installant ici, mais ça ne fonctionne pas. Elle ne fait que passer son temps à admirer ses ongles de pieds vert olive.

– Elle t'a dit tout ça ? demanda Simon, d'un ton soupçonneux. Et, de toute manière, qu'est-ce que j'ai à voir là-dedans ? Je n'ai fait que l'épouser. Elle a toujours sa vie à elle. Elle pourrait trouver du travail, ou quelque chose. C'est à elle de décider.

– Oh, attends, je n'ai pas fini, dit Dave. Tu ne lui avais même pas dit que nous étions du sud de Londres, jusqu'au jour où elle a découvert le marché de Brixton. Pourquoi le lui as-tu caché, Simon ? J'ai emmené Valerie voir notre ancienne maison des dizaines de fois. En fait, je pense racheter bientôt tout l'immeuble – l'architecture est assez incroyable, et très authentique, avec cette piscine et les cours intérieures. Dans quelques années, ce sera "là que ça se passe". »

C'est vrai, pensa Simon. Je passe énormément de temps à la regarder. Mais ça n'est qu'une habitude imbécile ; quand je suis fasciné par quelque chose, quand j'aime quelque chose, j'ai envie de tout emmagasiner. Comme ça je le garde, c'est à moi, tout à moi.

« Eh bien, tu vois, ça ne suffit pas, dit Dave. Parle-lui, mec. Elle te surprendrait. Prems à la douche ! » hurla-t-il, parce qu'il avait remarqué que Simon en avait par-dessus la tête de sa conférence frère à frère.

« Rien à foutre », répondit Simon, lentement. Il sortit de l'eau et marcha, d'un pas déterminé, loin de Dave. Il lui apparut soudain que Julie avait verni ses ongles en vert olive ce matin pour la première fois.

« Simon ! » cria Dave dans l'espoir de le faire revenir, mais Simon ne se retourna pas. Il rentra en voiture et, dès qu'il fut à la maison, se précipita dans la chambre. Bien entendu, Julie était assise sur le lit, la tête sur les genoux, l'air… tout à coup il trouva le terme adéquat : las. C'est ça, las, pas déprimé, pas apeuré. Pas comme un animal en cage ; davantage comme une femme qui venait de coucher avec son beau-frère, et s'en était payé une bonne tranche.

« Vas-y, dis-moi tout, explosa Simon. Pourquoi ? Et depuis quand ? »

Julie leva les yeux, légèrement stupéfaite. Elle ne demanda pas comment il savait. Elle avait déjà senti chez Dave le besoin qu'il aurait de s'en vanter un jour, comme il se vantait du reste. Et, en attendant que ça arrive, elle avait laissé faire encore et encore ; ne savait plus comment s'arrêter : coucher avec Dave était comme s'unir à une version très conviviale et expansive de son propre mari. Mais sa culpabilité l'engourdissait, paralysait son désir de vivre.

« Depuis… je ne sais pas. Quelques semaines. Peut-être un mois. Quand Valerie est partie pour Prague et que tu rentrais si tard tous les soirs… Ils ont un arrangement, tu sais... de toute façon, c'est fini. Aujourd'hui c'était la dernière fois. Je lui ai dit.

« Mais Simon, ajouta-t-elle calmement, la première fois c'était par défi. J'étais un peu soûle. Et Valerie et moi on avait pris l'habitude de plaisanter sur... comment dire... tu sais... savoir à quel point vous étiez semblables.

– Et nous le sommes ? » Simon fut surpris d'entendre le son de sa propre voix. Ce n'était pas celle d'un homme blessé.

Julie sourit, du même sourire dont il était tombé amoureux, quelques années plus tôt.

« Non, pas du tout, dit-elle d'un ton ferme. Tu es définitivement... le genre grand et silencieux. Mon genre. »

Simon éclata d'un rire léger, d'un rire facile. Alors, comme ça, cette compétition-là est terminée, pensa-t-il, extatique. Il s'approcha d'elle, précautionneusement. Il n'était pas certain de savoir comment s'y prendre. Ce qu'il avait vraiment envie de faire, c'était de lui toucher les pieds et de les réchauffer avec son haleine.

« Au fait, dit Julie en l'étreignant fougueusement, j'ai trouvé l'ancienne boutique de ta mère. C'est devenu un magasin de disques branché. Je vais peut-être bosser là-bas.

– Génial, murmura Simon, puis : Tais-toi maintenant. Laisse-moi t'embrasser. » Mais soudain il s'interrompit, tâtonna pour trouver le téléphone et composa le numéro de portable de son frère.

« Dave, dit-il, un large sourire en travers du visage. À propos de ces immeubles à Streatham ? Oublie ça. J'ai mis une offre pour l'ensemble. Ouais, à l'instant. J'crois pas que tu pourras grimper. On va peut-être emménager là-bas. Oh, et Dave ? Je reprends notre ancien nom, Glattstein. Non, ça ne me gêne pas si tu gardes le nouveau. En fait, je préfère comme ça. »

Au moment où il se retourna vers Julie, il remarqua que ses ongles de pieds avaient été débarrassés de l'affreux vert olive et qu'ils avaient retrouvé leur teinte naturelle d'un rose brillant, sans le moindre vernis.

Voir Beyrouth et mentir

1

Elle appartenait aux jours tranquilles de sa vie.

Quand il avait finalement tourné le dos à Beyrouth déchirée par la guerre, lacérée par les tirs, et qu'il avait atterri à Heathrow, elle était là, avec un léger sourire sur son petit visage pâle, et un signe de la main hésitant lorsqu'elle le reconnut parmi la foule qui se déversait par la porte. La femme du poète a des hanches très larges, fut la première pensée de Naim.

Il n'y avait pas de voiture. Elle le mena jusqu'au métro et s'assit en face de lui, toujours souriante, sans parler, sans même échanger les platitudes polies de circonstance. Continuera-t-elle à sourire lorsqu'il trouvera le courage de lui dire qu'elle est veuve, maintenant, à compter de ce matin ? Hurlera-t-elle, gémira-t-elle, sanglotera-t-elle ? Naim ne le pensait pas. Le poète avait décrit son épouse comme une Anglaise d'âge moyen, plutôt froide, et leur mariage comme « véritable mais distant », ses traits comme « délicats, presque intouchables ». Naim ne pouvait qu'acquiescer : dans la lumière crue du wagon bruyant, un halo de froideur métallique flottait autour d'elle. Et pourtant, dès que leurs yeux se rencontrèrent, l'espace d'une demi-seconde, Naim sut qu'un jour il poserait ses mains fermement sur ces hanches généreuses, et sentirait leur chaleur.

Il la suivit, comme un enfant obéissant, au moment de changer de ligne, monta et descendit à sa suite des escaliers mécaniques bondés, pour déboucher finalement dans une rue étonnamment claire et animée. Il s'était imaginé Londres humide, morne et morose, peuplé de gens sérieux et réservés sous un ciel gris et pesant. Mais il arriva par un après-midi ensoleillé de la fin mai, et, tandis qu'ils s'acheminaient vers la demeure de Francine, il fut bouleversé par la cohorte colorée de jeunes corps de femmes. À l'inverse du mari de Francine, Naim n'avait jamais perdu son temps à élaborer des métaphores compliquées pour désigner les choses qu'il aimait : un sein était un sein, une bouche, une bouche. La poésie de Joseph Haddad semblait ne parler que de fleurs sauvages et de cyprès immortels. Joe aurait décrit cette rue de Londres hypersexuée comme un champ fertile de jeune blé. Naim n'y voyait que des tétons dressés sous le coton fin des tee-shirts.

Mais, il est vrai, Naim n'était pas poète. En fait, lui

et Joe n'avaient que très peu en commun, à part leur passion pour l'escalade périlleuse de falaises calcaires affreusement hautes, d'où ils plongeaient ensemble dans la Méditerranée turquoise. Ils s'étaient rencontrés pour la première fois au pied de l'une de ces montagnes maritimes, alors qu'ils étaient de grands adolescents, longtemps avant que leur pays fût devenu une zone de guerre. Dans un autre contexte, le fait que Joseph fût issu d'une riche famille maronite, alors que Naim Hussein était le fils d'un boutiquier sunnite musulman, aurait peut-être influé sur leur relation, mais pas là ; pas dans ce coin tranquille qui semblait leur appartenir, à eux seuls, si tôt un dimanche matin. Se propulser loin du sol rocheux sous leurs pieds avec la force exacte et la tension suffisante pour plonger tête la première dans le puits d'eau sans fond était la chose la plus excitante qu'ils aient jamais faite, et feraient jamais. C'était comme une drogue puissante qui aurait pu les tuer, mais qui valait le risque encouru. Après ça, Joe s'allongeait sur le ventre et écrivait de longs poèmes en français ou de plus courts en arabe ; Naim restait simplement assis là, à le regarder, trouvant que leurs corps étaient très différents – celui de Joe était long et mince, celui de Naim trapu et musculeux –, se rappelant le sourire échangé avant de sauter, alors qu'ils ignoraient si l'un des deux survivrait au plongeon, se demandant lequel d'entre eux aurait à annoncer la nouvelle aux parents de l'autre si quoi que ce soit arrivait.

La mère de Naim était venue à Beyrouth depuis Tebnine, un petit village chiite du Sud. Il essayait de se souvenir de Tebnine à l'époque où c'était encore le centre paisible de solides liens familiaux, un lieu de visites et de réjouissances, pas le squelette méconnaissable d'un bled rayé de la carte par les bombardements. Il essayait de se rappeler Beyrouth comme la ville qu'il aimait et n'aurait jamais voulu quitter, une poche d'énergie débridée prise entre la mer et les montagnes, pas une ville fantôme violée par une guerre sans fin à laquelle il ne comprenait rien. Il voulait se souvenir de son ami Joseph Haddad comme d'un poète nul mais excellent nageur et fabuleux plongeur, pas comme du crible humain qu'il avait été contraint d'abandonner sur le bord de la route qui menait à l'aéroport ce matin même. Si Naim ne s'était pas enfui au volant de sa voiture, il aurait été la cible suivante des tireurs embusqués. Avec un billet pour Londres durement acquis en poche, et l'aéroport ouvert pour la première fois depuis des semaines, il avait voulu vivre.

Leurs chemins ne se croisaient jamais quand ils étaient enfants, à part quand ils plongeaient. L'école de Joe à Ras Beyrouth était française, et ses amis des petits chrétiens de bonnes familles. Il était prévu qu'il aille faire ses études secondaires à Paris, où l'attendait déjà son propre appartement. Naim était un élève médiocre et solitaire dans son école de quartier musulmane. Il avait peu d'amis et préférait aider son père dans sa boutique d'Ouzai, qui vendait des souvenirs bon marché, des cartes postales et des tissus brillants au rabais. Il passait des heures à le regarder jouer au trictrac avec d'autres hommes dans l'arrière-boutique, baignés dans l'arôme riche et doux du café fort mêlé de tabac. Ce coffret de trictrac, méticuleusement incrusté de mosaïque de nacre, était le seul objet luxueux que son père eût jamais possédé ou apprécié. Naim adorait le son doux des minuscules dés d'ivoire qui roulaient sur le grand plateau de bois, adorait le toucher lisse des jetons usés bruns et blancs. Après une vague récente de fusillades dans le quartier de ses parents, Naim était allé fouiller dans la boutique abandonnée, il avait retrouvé les dés sous un tas de meubles cassés, miraculeusement intacts. Ils étaient à présent dans son portefeuille, et y resteraient pour toujours. Il ne savait pas vraiment où étaient ses parents, ni s'ils étaient morts ou vivants. Il devrait attendre la fin de la guerre pour l'apprendre.

Il avait quitté l'école aussi tôt que possible, et dégotté un stage comme serveur dans un hôtel des environs de Hamra. Sans le savoir, il avait fait un excellent choix : l'hôtel Commodore était la résidence habituelle des journalistes étrangers, c'était donc un endroit animé et relativement protégé. Tandis que quelques-uns de ses anciens camarades de classe avaient rejoint diverses factions musulmanes, se laissant pousser la barbe, portant des treillis vert et brun, et faisant bon usage de leur kalachnikov, Naim, arborant un costume noir et blanc de serveur impeccable avec nœud papillon, apprit à porter de lourds plateaux chargés de nourriture. Il travaillait dur sans jamais transpirer, et cachait les sentiments que lui inspiraient ses clients derrière un masque impénétrable d'affabilité efficace. Mais il ne put cacher sa joie lorsqu'un jour il aperçut Joe dans le hall de l'hôtel, en conversation avec trois journalistes étrangers.

Ils avaient perdu le contact à mesure que la guerre avait plongé la ville dans un chaos incontrôlable. Naim pensait que la famille Haddad aurait eu la sagesse de s'éloigner de Beyrouth durant la période troublée qu'elle traversait, vivant en sécurité dans leur résidence en France. Et il avait raison – sauf pour Joe, qui avait décidé de rester au Liban. « Pour ma poésie, expliquait-il à présent à Naim avec un clin d'œil, pas pour la politique. » Il semblait s'être encore allongé, plus élancé et plus maigre encore qu'avant. Il se précipita avec effusion vers Naim, comme s'il allait l'embrasser, mais il se reprit et se rassit bien vite. Les journalistes, stupéfaits par cette interruption, jetèrent un bref regard à Naim puis reprirent leur entretien avec Joseph Haddad, le poète qui avait écrit sur la guerre, comme si elle était davantage un acte de violence commis contre la nature que contre les humains.

Naim ne s'était pas tenu au courant de la carrière poétique de Joe. Mais, à présent qu'ils s'étaient retrouvés, il mit un point d'honneur à lui réclamer ses recueils – il y avait cinq plaquettes, une en arabe et quatre en français. Naim n'était pas vraiment en mesure de juger la production française, mais il était à peu près certain que les poèmes en arabe étaient de petites choses anémiques et immatures. Il mentit, bien entendu, et dit à Joe qu'il les aimait.

Leur grande époque de plongée était révolue. Ils se voyaient de temps en temps au Commodore, lorsque Naim avait terminé son service ou qu'il avait quelques minutes de pause. Joe était toujours exalté, toujours à raconter mille histoires, parlant sans reprendre son souffle, depuis l'instant où ils se disaient bonjour jusqu'au moment où ils se séparaient. Naim l'écoutait, portant une attention sincère à chaque mot, mais n'avait rien à offrir en échange. Bien que vivant dans une ville qui continuait à s'écrouler sous leurs yeux, comme un gigantesque site de démolition sur le point d'être rasé, Naim menait une existence parfaitement monotone.

La présence de Joe à Beyrouth parut plus surprenante encore à Naim lorsqu'il apprit que son ami avait une femme à Londres. C'était une petite femme blonde dans les quarante ans, qui avait été son professeur d'anglais pendant sa dernière année au lycée. Ils s'étaient mariés secrètement à Chypre, et il l'aurait dit à ses parents si les tensions politiques et, de manière générale, tout ce qui risquait de les inquiéter ne l'en avaient pas empêché. « Une femme étrange, dit Joe, très calme, mais déterminée. » Il pensait qu'ils s'étaient aimés passionnément à l'époque où chacune de leurs entrevues devait rester secrète, mais qu'au moment où le mystère avait commencé à se dissiper, l'apathie s'était insinuée, de part et d'autre. Francine avait suggéré qu'ils se séparent pour quelque temps et s'en était retournée à Londres. Lorsque le conflit s'était changé en guerre totale, elle avait eu peur de revenir vers lui, bien qu'elle en eût, disait-elle, fortement envie.

Joe avait eu le projet de quitter Beyrouth dans un avenir proche. Il avait réservé un billet sur un ferry reliant Kaslik à Larnaca, d'où il s'envolerait pour l'Angleterre. « Mais quand je me suis imaginé avec elle, à Londres, dit-il en riant, j'ai tout de suite su que c'était une mauvaise idée. J'aurais été à sa charge – tu vois ce que je veux dire ? Ici, à Beyrouth, elle était toujours un peu perdue, et j'aimais bien ça, j'adorais prendre soin d'elle. Même si elle avait été ma prof, et qu'elle était assez maternelle, on était sur mon territoire. J'étais un homme pour elle, pas un petit garçon. À Londres, j'aurais vécu dans sa maison, dans son pays. Dans quelques années, j'aurais juste eu l'air de son gigolo du

Moyen-Orient. Ici, je suis un poète, je suis moi. Je crois que le besoin que j'ai de ce Liban est plus fort que le désir que j'éprouve pour Francine. Peut-être même que j'ai besoin de cette guerre. Mais je l'aime vraiment. Tous les poèmes de mon second recueil sont à propos de Francine, d'une manière ou d'une autre. »

Naim hocha la tête. Il ne comprenait pas du tout son ami. S'il avait eu la chance, lui, d'avoir une femme en mesure de lui offrir un havre de sécurité et de paix, il n'aurait pas perdu son temps à Beyrouth. Il se serait enfui, dès que possible. Qu'elle ressemblât à sa mère ou qu'elle se fût conduite comme elle n'y aurait rien changé.

Il raconta à Joe ses deux dernières tentatives pour quitter Beyrouth, comprenant à chaque fois un trajet risqué en voiture jusqu'à Damas, qu'il avait dû interrompre quelque part au milieu de la route poussiéreuse qui reliait les deux villes. Joe eut une idée : la prochaine fois que l'aéroport de Beyrouth ouvrirait, le temps d'une trêve dans les fusillades et les bombardements, Naim s'envolerait directement pour Londres. « Tu pourras habiter chez Francine. Chez elle, c'est chez moi, c'est elle qui le dit ! Je lui téléphonerai demain pour l'avertir. Je suis sûr qu'elle viendra te chercher à l'aéroport. Comment faut-il que je te décrive ?

– Dis juste “un Libanais de petite taille plus musclé qu'il n'y paraît avec une grosse moustache” », avait répondu Naim dans un sourire, soulagé – et légèrement blessé aussi – que Joe n'éprouvât pas la moindre inquiétude à l'idée de l'envoyer chez sa femme. Joe ne désirait-il pas toute femme dormant sous le même toit que lui ? Naim était comme ça. Parfois, il lui arrivait de désirer toutes les femmes du Commodore, depuis les soubrettes et les cuisinières jusqu'aux plus élégantes des touristes étrangères. Parfois il les désirait toutes en même temps.

Joe avait insisté pour accompagner Naim à son avion. Il n'avait pas à le faire ; la route qui menait à l'aéroport était peu sûre et il le savait. Celui qui parvenait à s'acheter un billet pour sortir du pays courait le risque de se faire attaquer, enlever, prendre en otage, tuer. Les barbus masqués postés en travers de la route étaient des habitués de ce genre de pratiques. Ils extirpèrent Joe de la voiture, lui attachèrent les poignets et le jetèrent dans un camion. Naim entendit des cris et des injures. Puis une succession rapide de rafales d'arme automatique, comme pour une exécution. Il resta assis, immobile, sous la menace du fusil d'un autre homme masqué. Il y eut des cris jubilatoires lorsqu'ils balancèrent le corps de Joe dans le fossé dégoûtant au bord de la route. Le bourreau de Naim se joignit aux hurlements extatiques, éloignant de son prisonnier, l'espace d'un instant, son regard et le canon de son fusil. C'est à cette seconde que Naim enfonça la pédale de l'accélérateur et s'enfuit à une vitesse folle, sans avoir le temps de comprendre ce qu'il faisait. Plusieurs balles ricochèrent sur le toit et l'une d'elles fit voler en éclats le pare-brise arrière, mais ils ne se lancèrent pas à sa poursuite. Il arriva à temps pour son vol et garda les yeux fixés sur la tour de contrôle au centre de l'aéroport durant tout le temps du décollage chaotique, comme pour empêcher tout changement inopiné dans les instructions transmises au pilote. Une hôtesse de l'air souriante lui tendit un exemplaire de *Al-Nahar*. Il s'en couvrit le visage et pleura, doucement, durant plusieurs heures. Puis il ferma les yeux.

2

« C'est donc vous, Naim Hussein, dit Francine d'une voix douce, lorsqu'ils s'assirent dans le salon. Vous voulez boire quelque chose ? Thé, café ? Une boisson fraîche, peut-être ? Vous devez être fatigué. »

Le moment aurait été idéal pour lui annoncer. À la place, il demanda un café, tout en sachant qu'il n'aurait pas le goût escompté. C'était pour tuer le temps, et réfléchir.

Tout dans la maison était démesuré – hauteur sous plafond, pièces immenses, fenêtres gigantesques, lourdes portes. Personne ne viendrait tirer à travers ces portes.

Naim sentit une vague de soulagement et de félicité l'envahir soudain. Il aurait voulu se recroqueviller dans le large fauteuil en cuir, tout oublier de Beyrouth, et s'endormir.

Francine revint avec un grand plateau d'argent sur lequel se trouvaient du café léger et des biscuits. Elle lui faisait face à présent, sans l'ombre d'un sourire.

« Joseph m'embrasse, j'en suis sûre, dit-elle.

– Oui. Bien entendu. J'allais justement vous le dire. Il…

– … aimerait être ici ? Je ne crois pas », fit-elle d'un ton amer.

Ç'aurait été sa seconde chance de lui dire, et d'en avoir fini. Peut-être que ce ne serait pas si terrible, pensa-t-il. Peut-être se réconforteraient-ils l'un l'autre. Il ne connaissait aucune autre personne qui aurait pu partager avec lui le chagrin de ce qui était arrivé ce matin.

Mais il dit, comme pour éviter de se montrer indiscret en questionnant les raisons de la colère à peine réprimée dont elle témoignait à l'égard de son mari, comme s'il avait tout simplement souhaité changer de sujet :

« C'est très gentil à vous de me recevoir ici. Je compte trouver du travail et je déménagerai aussi tôt que possible. Un de mes amis est chef dans un grand restaurant libanais quelque part dans les environs de… »

Francine lui adressa un drôle de regard.

« Ce n'est pas ce qui était prévu, dit-elle. Joe m'a dit que vous resteriez jusqu'à… Jusqu'à ce qu'il réussisse à quitter Beyrouth. Vous ne pouvez pas travailler ici de toute façon, pas légalement. Ne vous en faites pas, vous aurez la paix. La grande pièce sous les toits et la salle de bains du haut sont tout à vous. Venez, je vais vous montrer. »

Naim reconnut le tour de main poétique de Joe dans cette mise en scène ambiguë. Mais tout cela était-il bien ou mal intentionné ? Était-ce un jeu ? Une mise à l'épreuve de sa loyauté ? L'utilisait-on ? Il n'en était pas certain. Pourquoi Joe leur avait-il menti, à lui et à sa femme ? Maintenant, il n'avait plus d'autre choix que de lui dire.

Mais elle était déjà à mi-chemin du sombre escalier d'acajou, à l'attendre. Il la suivit de nouveau, comme il l'avait fait auparavant, dans la rue, s'efforçant de ne pas garder les yeux fixés sur le triangle de ses hanches qui ondulaient doucement, ni sur son derrière étonnamment compact, pendant les trois étages que durèrent l'ascension.

« Voilà, dit-elle finalement, en ouvrant la porte de ce qui allait devenir sa chambre. J'espère que ça vous plaît. Désolée pour le mobilier rudimentaire. »

La chambre occupait toute la surface de la maison, une vaste verrière lui tenait lieu de plafond. Le mobilier était loin d'être « rudimentaire ». Il n'était pas non plus anglais. On sentait que Francine avait voulu créer une authentique atmosphère orientale, avec des tapis, un bureau et une armoire en bois ciselé, un grand lit recouvert d'un plaid brodé. Il y avait même un coffret de trictrac ouvert sur une table basse composée d'un trépied et d'un plateau de cuivre.

Naim était sur le point de lui dire « Merci, mais, en fait, il faut que je vous dise, j'aurais dû vous le dire tout de suite… » lorsqu'il se rendit compte qu'elle avait quitté la pièce.

3

Et c'est ainsi que commença sa vie sereine aux côtés de la veuve de Joe. Elle avait renoncé à l'enseignement lorsqu'elle était rentrée à Londres après les années passées à Beyrouth sous le nom de Mme Haddad, et s'était acheté cette maison magnifique, qu'elle avait ensuite meublée, avec l'argent de Joe. Elle recevait une généreuse allocation mensuelle versée grâce aux revenus d'un compte spécial que Joe avait ouvert pour elle, dit-elle à Naim. En échange, tout ce qu'il voulait c'était qu'elle lui fiche la paix.

« Je suis une femme entretenue, plaisanta-t-elle. Vous comprenez ? Il me paie pour que je nage dans le luxe à des milliers de kilomètres de lui. Je n'ai que très rarement de ses nouvelles. Lorsque j'en reçois, c'est toujours une surprise, mais pas toujours agréable. J'ignore pourquoi je continue de m'en faire. »

Ils vivaient comme un couple, partageant leurs repas, allant se promener, faisant les courses, dînant au restaurant. Peu à peu elle devint plus animée en présence de Naim, compensant la timidité de son hôte par une vraie chaleur. Elle se sentait tellement en sécurité avec lui qu'elle laissait la porte de sa chambre ouverte, ne prenait pas la peine de se couvrir s'il la surprenait au sortir du bain. Pensait-elle qu'il était homo ? Joe lui aurait-il fait croire ça – un mensonge de plus ? Ou était-ce une invitation ? Désirait-elle qu'il franchisse la ligne de plus en plus ténue qui séparait leur étrange amitié de son inconfortable amour pour elle ?

Elle lui montra la mosquée de Regent's Park et l'encouragea à s'y rendre pour prier. Il le fit, une ou deux fois, mais il se sentait mal à l'aise dans l'opulence excessive de l'endroit, parmi cette foule d'inconnus. Il n'avait pas non plus très envie de prier ; ça lui rappelait trop son père, la vie en miettes qu'il avait laissée derrière lui. Il tenta d'expliquer tout cela à Francine.

« Mais tu ne dois pas oublier tes parents, dit-elle avec conviction. La guerre sera finie un jour, et tu retrouveras ta famille. »

Naim acquiesça, mais, au fond de lui, il savait qu'il avait perdu la foi. Il ne pouvait accepter de croire en un Dieu qui voulait que l'on meure pour lui, mais il avait toujours gardé cette pensée secrète.

Francine ne parlait jamais de sa propre famille. Ses parents vivaient quelque part à Londres, mais elle n'entretenait pas de relations avec eux. Elle fit allusion à une vieille fêlure, quelque chose qui concernait son premier mariage, avec un juif. « Au moins j'ai fait l'effort d'épouser un chrétien la seconde fois, dit-elle en riant, mais ils ne sont toujours pas contents, parce qu'il est étranger. Ils n'ont même jamais rencontré Joseph. » Elle avait eu trois noms de famille : Francine Watson, puis Rosenberg, et maintenant Haddad. Francine Hussein ne jurerait pas dans sa collection d'identités, pensa Naim, en regardant ses petites dents blanches. Elles lui rappelaient les minuscules dés d'ivoire dans sa poche.

Elle avait du mal à lui « ficher une paix royale », comme elle le lui avait promis au moment de son arrivée. Bien qu'il eût sa clé, et qu'il entrât et sortît sans lui dire ce qu'il comptait faire, Francine l'attendait tous les soirs, endormie dans son fauteuil préféré, comme un chat. Leurs conversations nocturnes, et bien arrosées, avaient commencé comme de brefs échanges polis, puis s'étaient peu à peu étoffées jusqu'à devenir des discussions intimes et sans fin sur tout et rien, depuis la politique jusqu'à leurs goûts culinaires. La nourriture était un sujet important pour eux, à mesure que la cuisine de Francine, partant d'une base nourrissante mais sans goût, avait évolué au point qu'elle proposait à Naim ses plats libanais favoris. Elle apprit à préparer des *mezzés* aussi décoratifs qu'élaborés et des gâteaux à la pâte d'amandes dignes du menu d'un grand restaurant. Lorsqu'elle le regardait dévorer tout cela, une expression de plaisir pur se peignait sur son visage, comme on en voit chez les petits enfants.

Mais Naim n'avait pas droit à la réciproque, l'accès à la cuisine lui était interdit, même pour faire la vaisselle ou pour aider au service. Il fallait qu'elle garde le contrôle, comme une logeuse responsable du couvert de son pensionnaire. Naim se rappela, et comprit soudain, les paroles de Joe : « À Londres, j'aurais été à sa charge. Au bout de quelques années, j'aurais l'air d'être son gigolo. »

Peut-être était-ce justement cela qui était en train de lui arriver, mais si c'était le cas, ça ne le dérangeait pas. Il était à ce point « entiché » de sa « logeuse » qu'il n'en dormait plus la nuit, écoutant sa respiration, ou le moindre bruit qu'elle faisait dans sa chambre qui se trouvait exactement au-dessous de la sienne. Après quelques mois passés dans la maison, il avait l'impression de la connaître aussi intimement que s'il avait été son premier, son second et son troisième mari ; comme s'il l'avait connue depuis toujours. Quand le sommeil le gagnait enfin, il rêvait d'elle. S'il fermait les yeux, il fantasmait sur elle. Mais lorsqu'il s'imaginait la touchant, ou ne fût-ce que lui disant ce qu'il ressentait pour elle, Joe Haddad lui apparaissait. Il le voyait vivant, riant, plongeant, lisant un poème débile sur des fleurs mourantes. Il le voyait mort, face contre terre, cadavre sanguinolent, répugnant. Le temps passant, lui révéler la vérité sur Joe semblait de plus en plus impossible. Elle l'apprendrait forcément un jour ou l'autre, mais pas de sa bouche. Et il n'était pas nécessaire qu'elle sût qu'il avait été présent, qu'il avait vu Joe mourir. Personne ne le savait.

4

La paix que Naim trouvait dans cette retraite éloignée de toute réalité eut sur lui l'effet d'un tonique salvateur, mais pas pour longtemps. Peu à peu, il se mit à sentir que les manières irrémédiablement calmes de Francine agissaient comme un poison sur lui ; il en fut soudain terriblement agacé. C'était comme vivre avec une prof carrément attirante pour laquelle on a eu un faible des années plus tôt : elle était incroyablement proche, mais demeurait intouchable, et restait le professeur.

Naim était convaincu que Francine n'était pas un bon juge de l'âme humaine. Se fondant sur le récit qu'elle avait fait de son passé, il décida qu'elle était tombée amoureuse de Simon Rosenberg, un directeur d'études fantasque, principalement à cause de la rumeur embarrassante et des controverses systématiques que sa présence provoquait partout où il allait. Joseph Haddad, aux yeux de Francine, n'était pas qu'un étudiant libanais rêveur et charmant qui l'emmenait dans des endroits secrets de la montagne pour l'embrasser tendrement à l'ombre d'un cyprès ; c'était un esprit enflammé dont la poésie romantique la changeait en muse immortalisée par un grand talent qui connaîtrait bientôt une renommée mondiale. Il sentait que ses deux maris avaient l'un comme l'autre possédé un aspect bien plus sombre auquel elle était restée complètement aveugle, jusqu'au jour où ils lui étaient revenus dans la figure avec la violence d'un uppercut.

Naim savait aussi qu'elle ne le voyait que comme le sous-fifre triste et effacé de Joe, prenait sa force tranquille pour de la soumission, sa réserve et son mystère pour un manque de personnalité. Elle lui parlait comme elle se serait parlé à elle-même ; il ne la contredisait jamais, se contentait de l'écouter, et lorsqu'il prenait enfin la parole, c'était de manière polie, presque déférente. Il se mit à penser qu'elle appréciait tant sa compagnie qu'elle finissait par en oublier Joe, espérant que Naim resterait auprès d'elle le plus longtemps possible. Elle ne semblait pas même s'inquiéter de n'avoir reçu aucune nouvelle de son mari depuis plusieurs mois.

Au cours de l'une de ses déambulations nocturnes et

enragées dans le quartier charmant de Francine, Naim donna un coup de pied si violent dans le tronc d'un magnifique magnolia centenaire qu'il en eut les larmes aux yeux. Il remarqua une petite fille qui le regardait, terrifiée, derrière un rideau de dentelle. Il sut ce qu'il devait faire.

Francine l'attendait, comme d'habitude. Lorsqu'il vit son doux sourire figé dans l'expectative, Naim grimpa l'escalier jusqu'à sa chambre, sans dire un mot. S'il était resté une minute de plus à côté d'elle, il l'aurait baisée jusqu'à ce que mort s'ensuive.

« Pourquoi fais-tu tes valises ? » dit-elle. Elle avait ouvert sa porte bruyamment. « Quelque chose ne va pas ? »

Il ne répondit pas.

« Je vois. Tu as visiblement reçu des nouvelles de mon mari.

– Oh, non, dit-il. Puis il hurla : Tu ne comprends rien. Tu crois être maligne, mais tu ne comprends rien. Il t'a menti, tout le monde t'a menti…

– À propos de quoi ?

– À propos de moi. Il ne m'a pas envoyé ici pour être avec toi, pour te tenir compagnie, comme une infirmière… »

Francine regardait Naim d'un air incrédule.

« Qu'est-ce que tu racontes ? demanda-t-elle fermement.

– Joe ne m'a jamais dit de rester ici jusqu'à ce qu'il réussisse à s'enfuir de Beyrouth. Il n'a jamais eu l'intention de revenir vers toi. C'est ça la vérité. Il n'aime pas être avec toi.

– C'est tout ce que tu as à me dire ? fit-elle froidement. Parce que ça, je le savais déjà. »

Maintenant il avait vraiment envie de lui faire mal. Il aboya, sans réfléchir :

« Non, ce n'est pas tout. J'aurais aimé, mais non. Il a été tué le jour où je suis parti pour Londres. Nous sommes tombés dans une embuscade sur la route de l'aéroport. J'avais peur de te le dire. Je ne savais pas comment faire. Pardon. »

Francine ne hurla pas, ne pleura pas. Exactement comme il l'avait prévu.

« Alors c'est pour ça que tu ne m'as jamais touchée ? Je me demandais. »

Il la touchait maintenant. D'abord ses hanches, rien que parce qu'il avait toujours voulu le faire. Puis tout le reste. C'était comme recommencer à plonger, mais en plus sûr. En beaucoup plus sûr.

« Eh bien, Joe ne mentait pas, dit-elle avec un rire délicieux, le premier qu'il eût entendu venant d'elle. Tu es tel qu'il me l'avait promis. Il était incapable de faire ça. Mais tu le savais, n'est-ce pas ? Nous n'avons jamais couché ensemble. Le grand poète ne croyait pas au sexe. Du moins pas avec moi. Alors il t'a envoyé à la place.

Il a dit qu'il t'avait demandé de le faire et que tu avais accepté. Il disait que les musulmans sont toujours prêts à… Il disait que tu étais lent, mais que… »

Naim voulait lui prouver que, d'une certaine manière, c'était encore un des mensonges bizarres de Joe. Il aurait voulu lui dire qu'il avait l'impression de n'avoir jamais vraiment connu son ami. Qu'en y pensant bien, l'embuscade ressemblait davantage à une exécution qu'à une tuerie hasardeuse – qu'est-ce que cela signifiait ? Et tous ces entretiens au Commodore – Joe était-il vraiment si célèbre que ça ? Il n'avait pas envie de spéculer.

Il emprisonna Francine dans ses bras et enfouit son visage dans ses cheveux.

« Dieu merci, le poète n'est plus », dit-il, sans ressentir le moindre remords.

En Palestine, fais comme les Romains

La première chose que Noa remarqua à la descente du petit charter britannique affrété pour Eilat fut le couple improbable d'agents de sécurité israéliens, vêtus et lunettés comme dans *Men in Black*. Ils s'efforçaient d'avoir l'air sérieux, mais leurs visages poupins offraient de bons sourires de bébés aux touristes qui débarquaient. Noa ne put réprimer un gloussement ; elle venait de voir le film dans l'avion, et la ressemblance était hilarante. Ils la dévisagèrent, surpris, si bien qu'elle s'excusa en hébreu : « Désolée, mais vous ressemblez comme deux gouttes d'eau aux *Men in Black*...

– C'est un compliment ? » demanda le plus grand des deux. Elle remarqua qu'il portait des bagues argentées sur les dents.

« Absolument », dit Noa. Puis elle fut frappée par le fait qu'ils avaient à peine vingt ans et elle, quarante passés. Elle avait le même âge que ces garçons quand elle avait quitté Israël pour épouser un Anglais – mais c'était une demi-vie plus tôt. Il faudrait qu'elle se reprenne, qu'elle essaie, tout au moins, de se conduire en accord avec son âge, décida Noa, en s'acheminant vers le terminal pour y récupérer sa valise. Elle aurait été ravie d'entendre ce que les deux hommes se murmurèrent à l'oreille à propos de ses longues jambes, en la regardant s'éloigner.

Après plus de deux dizaines d'années passées à faire tout ce qui était en son pouvoir pour son mari et ses enfants, elle prenait ses premières vacances en solitaire. Enfin, pas vraiment tout. Il y avait eu ce bref interlude avec un boucher robuste, mais cela lui semblait à présent aussi immatériel qu'un rêve, comme si elle n'avait fait qu'imaginer cette aventure. Un caprice sans consistance dont l'épilogue avait failli être sanglant. Après ça, son mariage avait continué, tout en devenant de plus en plus inopportun. Elle et son mari menaient deux existences qui se croisaient à peine sous le même toit, dans une atmosphère tantôt amicale, tantôt coléreuse. Elle avait regardé ses enfants grandir jusqu'à ce qu'elle les sente séparés d'elle, et même de son amour pour eux. Ils se débrouilleraient, ils seraient indépendants, forts et irrévérencieux. Mais elle n'avait rien fait durant toutes ces années à part se comporter comme le rocher inamovible sur lequel tout se construit. Il lui arrivait d'esquisser des petites bandes dessinées ou des croquis humoristiques, mais elle ne les montrait à personne.

Noa avait cessé d'aller en Israël après les funérailles de son père. Ses parents étaient enterrés côte à côte dans le cimetière de Holon et elle se demandait s'ils continuaient à se chamailler tendrement sous ces pierres tombales noires et luisantes, ou peut-être, qui sait, dans quelque autre endroit, moins bondé et plus spirituel.

Après avoir vendu leur petit appartement de Ramat Gan, elle avait passé plusieurs semaines à trier leurs vieilles affaires, et les siennes par la même occasion, puis elle avait décidé d'y retourner à nouveau. Chez elle, c'était Londres à présent ; elle s'était attachée à cette ville de la même manière que la glycine qu'elle avait plantée des années plus tôt était devenue un des éléments distinctifs de son jardin, devenant de plus en plus envahissante chaque année, à mesure que ses clochettes mauves se répandaient sur la clôture et le tronc épais du pommier.

Lorsqu'elle se rendit compte qu'elle mourait d'envie de se payer un petit voyage de fin d'hiver, elle rapporta chez elle des monceaux de brochures touristiques sur la Floride, les Caraïbes, l'Afrique du Nord. Mais après avoir annoncé à sa famille qu'elle partait pour Key West – seule –, Noa changea soudain d'avis et réserva une semaine à Eilat.

Noa arrivait donc, si étrange que cela pût lui paraître, en touriste étrangère. Son dernier séjour dans le Sinaï remontait à si loin qu'à l'époque Nueba, où elle et ses amis avaient nagé nus dans la mer Rouge fraîche et transparente avant de faire l'amour dans le sable chaud, était encore sous contrôle israélien. À présent c'était un territoire égyptien, où l'on n'aurait pas même songé à faire bronzette en monokini.

Durant le long et lent trajet sur la route en lacets qui traversait le désert, les montagnes prirent une douce teinte de pêche. Elle baissa un instant les yeux et, lorsqu'elle regarda de nouveau, la lueur rose s'en était allée, et les mêmes montagnes se dressaient comme d'énormes silhouettes noires sur le fond de ciel bleu délavé. Noa aurait voulu les prendre en esquisse, mais, le temps qu'elle trouve son stylo, elles furent noyées dans l'obscurité totale, surnaturelle, pas même percées par le halo d'une lumière lointaine – celle, par exemple, d'une paire de phares de voiture empruntant le même chemin. Le chauffeur de taxi lui apprit, dans un anglais de cuisine, qu'ils se trouvaient près d'une frontière entre l'Égypte et Israël, entre l'Asie et l'Afrique, ajoutant que la Jordanie et l'Arabie Saoudite étaient « juste là, de l'autre côté ». Mais Noa était davantage impressionnée par la nuit – elle avait oublié combien elle pouvait être sombre ici. En Angleterre, les nuits étaient moins denses, jamais tout à fait noires.

Lorsque la voiture pénétra dans le centre d'Eilat, Noa put se rendre compte, même à cette heure tardive, que la ville n'avait plus rien à voir avec le tas de baraquements qu'elle avait connu. Des hôtels, des promenades, des restaurants, des boutiques, des cafés, des parcs d'attractions – c'était une petite station balnéaire, compacte, mais parfaite. Elle pourrait s'y reposer, se laisser baigner de soleil et de liberté.

Tous les matins, elle amenait son carnet de croquis à la plage, et, sans attirer l'attention, elle essayait de dessiner les nouveaux personnages de son quotidien.

Le vieux couple de Norvégiens extrêmement aimables fut sa première « cible ». La main de l'homme toujours posée sur le ventre dur et tendu de son épouse, ou sur sa petite poitrine découverte. Sa peau à lui était d'un bel écarlate de homard bouilli, tandis que celle de sa compagne flirtait avec le velouté d'un bon chocolat au lait. Noa ne pouvait rendre compte des couleurs, mais elle parvint à esquisser les trait anguleux de la femme, tirés quand elle était sérieuse, doux et charmants dès qu'elle souriait. Parfois ils se tournaient l'un vers l'autre, sur leurs serviettes de plage bleues, espacées de quelques centimètres, pour se fondre dans une longue étreinte. Noa détournait les yeux.

Une portion considérable de la plage était occupée par une famille nombreuse de Français d'origine tunisienne. Noa s'efforça de tous les croquer, avec leurs bijoux en or massif et leur joie de vivre désinvolte. Les femmes étaient pourvues de poitrines plantureuses qu'elles secouaient et portaient avec fierté, comme des danseuses orientales ; mais elles n'offraient pas leurs seins au soleil, comme les Scandinaves aux tétons luisants et bien huilés. Les hommes du groupe se conduisaient comme des petits garçons, taquinant les femmes, les séduisant en les faisant partir dans des convulsions de rire hystérique.

Noa remarqua que Danielle Steel était l'auteur le plus lu sur cette plage, dans cinq langues différentes. À l'abri d'un grand parasol, un couple d'âge moyen la lisait à tour de rôle en russe, sans jamais échanger un mot. Noa décida qu'ils étaient frère et sœur, sans la moindre preuve susceptible d'étayer sa théorie, hormis leur ressemblance frappante. Mais, en même temps, pensa-t-elle, il y a tant de couples mariés qui finissent par se ressembler, et n'éprouvent jamais le besoin de se parler. Elle les dessina donc avec des alliances au doigt, pour conserver le bénéfice du doute.

Les couples d'Israéliens n'étaient qu'à moitié silencieux ; l'homme ou la femme était systématiquement pendu à son téléphone portable, en grande conversation particulièrement bruyante ; les hommes parlant affaires avec leurs collègues, les femmes racontant à leurs amies comme elles étaient bien à la plage. Noa y perçut un bon sujet pour une bande dessinée humoristique, mais il faudrait beaucoup de temps et de travail pour parvenir à la rendre aussi comique que la comédie à laquelle elle assistait.

Tandis qu'elle était occupée à étudier l'univers miniature s'agitant autour d'elle, lequel, en quelques jours, lui était devenu si familier qu'elle en venait presque à oublier sa vie londonienne, Noa était elle-même observée par plusieurs paires d'yeux très masculins. Trois Italiens, assis derrière elle, avaient une vue imprenable sur son corps athlétique, particulièrement lorsqu'elle s'allongeait sur le côté dans son fauteuil de plage, une hanche à peine vêtue d'un bikini, parfaitement curviligne et suspendue dans les airs, le carnet d'esquisses maintenu en équilibre contre son genou replié. C'était la pose d'un modèle gracieux, entièrement fait de courbes et d'angles inspirants, mis spécialement en valeur par la concentration de Noa, qui, absorbée dans son dessin, avait l'air encore plus attirante et inaccessible que si elle s'était contentée de rester allongée sans rien faire, offerte aux regards des admirateurs.

Chaque jour, vers midi, lorsque le soleil était au plus chaud, Noa se levait, rangeait ses esquisses, et, lentement, entrait en marchant dans la mer glacée. Elle avait un truc : si elle suivait le reflet du soleil sur l'eau, elle se trouvait dans un rayon de vaguelettes légèrement plus tièdes, ce qui lui permettait de ne pas hésiter avant de plonger. Elle nageait quelques brasses, puis fermait simplement les yeux et se laissait flotter. La mer avait toujours été sa drogue ; elle la tenait, la portait, la calmait. Mais elle l'effrayait aussi, lui évoquait le naufrage des navires et la noyade des enfants. Elle ne restait jamais longtemps.

« Jé peux parler avec vous ? » dit une voix d'homme, d'un ton hésitant, lorsqu'elle retourna à sa chaise longue pour s'envelopper dans une serviette. Noa leva les yeux et vit un homme grand et volumineux debout près d'elle, mais pas trop près, pas assez près pour qu'elle pût sentir la force de ses yeux verts perçants. Pas encore. Elle lui sourit et il s'assit, maladroitement, à ses pieds.

Il s'appelait Marco. Il observait Noa depuis plusieurs jours, dit-il, il ne voulait pas la déranger, elle avait l'air tellement occupé. Qu'est-ce qu'elle dessinait ?

« Des gens, dit-elle en haussant les épaules, comme si ça n'avait pas d'importance.

– Vous nous avez dessinés, moi et mes amis ? »

Noa dut avouer qu'elle n'avait même pas remarqué leur présence. Sans se l'expliquer, elle avait réussi à les ignorer complètement. Peut-être avait-elle un point aveugle lorsqu'il s'agissait d'un groupe de mâles célibataires.

Elle parlait plus qu'elle ne l'avait fait en plusieurs jours, et ça n'était pas désagréable. L'anglais de Marco était très italien, du miel aux oreilles de Noa. Il faisait partie du contingent de *carabinieri*, une unité spéciale de gendarmes italiens au service des Nations unies à

Hébron. Ils étaient venus à Eilat pour prendre un peu de repos. Trop peu. Noa fut désolée pour lui lorsqu'il lui parla des jets de pierre, mais Marco lui dit qu'il adorait son travail.

« Mon père était dans la marine. J'ai toujours su qué jé serais soldat. J'aime servir mon pays. »

Noa rit. Elle ne connaissait pas beaucoup de gens désirant sincèrement être dans l'armée. Marco eut l'air blessé : « Vous aimez pas l'armée ?

– Pas vraiment », dit Noa, tout en se sentant un peu mal de l'avouer. Après tout, il risquait sa vie à Hébron parce qu'il n'y avait pas d'autre moyen de maintenir le Moyen-Orient dans un relatif état de paix. Il n'était pas obligé de le faire ; il aurait pu rester à Rome et se livrer à des activités un peu moins dangereuses que celle qui consistait à esquiver les pierres lancées par des Palestiniens et des colons juifs militants. Si bien que, quand Marco lui demanda de le retrouver le soir même pour boire un verre, elle accepta.

Il l'attendait en face des Trois Chameaux, un pub de style anglais qui surplombait le front de mer. Noa sentait qu'il était fier d'être vu avec elle ; elle le surprit en train de jeter sur elle des œillades satisfaites, et à ses amis assis au bar, des clins d'œil triomphants. Elle était flattée, mais savait qu'elle ne mentirait pas à propos de son âge, sous aucun prétexte, si le sujet venait dans la conversation.

La serveuse, une jolie fille arrogante portant un anneau à la narine, vint prendre leur commande. Noa ne buvait jamais d'alcool, mais avait assez envie de partager une bière avec cet homme. Leur conversation reprit facilement là où ils l'avaient interrompue. Noa s'aperçut qu'elle avait eu tort : servir sur le sol italien n'aurait pas été une option plus facile pour Marco.

« On m'aurait envoyé en Sicile. Trop dé Mafia là-bas ! Très mauvais. Très dangereux.

– Alors, dit Noa, sans trop savoir quelle question lui poser ensuite. Que pensez-vous de Mussolini ?

– Jé l'aime bien, dit Marco en souriant.

– Vous plaisantez, c'est ça ?

– Non, il était bon pour l'économie italienne. »

Il souriait toujours, mais ne plaisantait pas. « Et vous ? Vous aimez Netanyahou ?

– Je hais Netanyahou, dit Noa fermement. Et, à propos, il est nul pour l'économie israélienne ! »

Marco rit, mais lui confia qu'en fait il aimait bien Netanyahou.

« Oh ! la vache, dit Noa. Alors voyons voir sur quel autre sujet nous sommes en désaccord. Que pensez-vous du pape ?

– C'est un homme bon, répliqua Marco du tac au tac, avec un sourire encore plus épanoui, après quoi il ajouta : Et vous, qu'est-ce qué vous pensez dé la reine ?

– Je me fiche complètement de la reine.

– Pourquoi ? » Marco avait l'air authentiquement surpris. Noa décida de simplifier au maximum sa réponse. « Je ne suis pas anglaise, c'est pour ça, dit-elle.

– Vous êtes pas inglès ?

– Je suis israélienne. J'ai épousé un Anglais. »

Marco sembla plus intéressé par la première information que par la seconde.

« Jé aime les Israéliens, dit-il. Beaucoup des amis à moi ici sont les membres dé l'armée.

– Même les filles ? demanda-t-elle.

– Non, il n'est pas beaucoup dé filles », répondit-il, avec un soupir.

Soudain, ils furent rejoints, assez peu discrètement, par les deux autres *carabinieri*. Ils avaient déjà bu plusieurs verres et ne pouvaient plus contenir leur curiosité concernant la « prise » affriolante de Marco.

« Lui c'est Massimo, et lui Paolo. Elle est Noa de Londres, mais elle est israélienne. »

Ils éclatèrent de rire, pour masquer leur gêne. Nul ne savait comment poursuivre.

« Qu'est-ce qué les femmes inglès elles pensent des hommes italiens ? » demanda Paolo, un petit homme arborant une fine moustache. Noa, ne sachant trop quoi répondre, leur offrit un *cliché* poli : « Les Italiens ont la réputation d'être romantiques. »

Paolo fut enthousiasmé : « C'est vrai ! Mais nous seulement parlons beaucoup, vous savez, mais quand c'est lé moment dé agir, alors vous savez…

– Eh, ma ça c'est ton problème », intervint Marco.

Noa était intriguée. « Alors comment ça se passe quand on en vient à la baise ? » demanda-t-elle innocemment.

Paolo commençait à expliquer que les hommes italiens étaient timides, lorsqu'il fut interrompu par un bref discours de Marco, en italien. Les deux hommes éclatèrent d'un rire gras et regardèrent Noa stupéfaite.

« Jé né crois pas qué vous avez compris… », dit Paolo.

Noa commençait vraiment à s'amuser. C'était drôle. Elle en serait presque venue à oublier que Marco avait dit qu'il aimait bien Mussolini. Mais soudain, elle s'en souvint et décida d'en apprendre davantage sur ses goûts. Paolo avait sous le bras un exemplaire de *Time* avec Saddam Hussein en couverture. Noa montra la photo du doigt et dit, d'un ton provocateur : « Le Mussolini de l'Irak. »

Il y eut une floraison de sourires gênés autour d'elle, si bien qu'elle ajouta :

« Est-ce que vous soutiendriez Mussolini s'il était au pouvoir aujourd'hui ? » en s'adressant à Marco.

Il la regarda avec un intérêt renouvelé. Cette femme

n'était pas une poule comme les autres, décida-t-il, et il admit que non, aujourd'hui, il ne le soutiendrait pas.

Noa changea de sujet, tout en restant sur l'offensive : « Quelle est votre équipe de football favorite ?

– Roma, bien sûr, dit Marco avec quelque fierté. Et vous ?

– Arsenal », contre-attaqua Noa. Il y avait toute une histoire derrière ce choix. Elle le faisait pour embêter son mari qui était fan de Tottenham.

Marco rit de nouveau : « Alors ça, qué c'est une autre chose qué on peut pas être d'accord. Vos fans, ils ont fait beaucoup de problèmes à Rome ! »

Noa n'avait pas l'intention de défendre l'attitude des supporters anglais. De toute façon, elle n'y connaissait pas grand-chose en football. Et elle était fatiguée. Elle refusa la dernière tournée et dit qu'elle devait partir.

« Jé vais marcher avec vous jusqu'à votre hôtel », dit Marco, avec suffisamment d'étincelles dans ses yeux verts pour convaincre Noa que ce n'était pas une bonne idée. D'autant que lorsqu'il glissa les doigts autour de son bracelet en argent et se mit à le faire pivoter sur son poignet, elle reçut une série de minuscules décharges électriques tout le long de la colonne vertébrale.

« Non merci, c'est trop loin. »

Elle se leva, dit au revoir aux autres et se tourna pour partir. Marco l'imita.

Ils marchèrent un moment, côte à côte, sans parler.

Puis elle sentit sa main dans ses cheveux, lui écartant une mèche des yeux.

« Jé aime beaucoup vos chéveux dans le vent », dit-il, avec douceur.

Noa s'écarta légèrement. Marco était, de toute évidence, un homme en chaleur. Les *carabinieri* doivent être méchamment frustrés à Hébron, pensa-t-elle.

« Jé vous verrai à la plage, démain, alors », dit Marco, de manière inattendue, en lui serrant la main. Elle était presque déçue, mais elle ne l'en apprécia que davantage.

Elle hocha la tête et poursuivit sa promenade, seule, le long du front de mer bondé, parmi des familles avec enfants, des touristes, des vendeurs de rue. Des soldats israéliens. Elle s'arrêta dans une boutique de souvenirs et acheta une pellicule pour son appareil. Elle avait envie de prendre des photos ce soir, il y avait quelque chose dans cette soirée qu'elle éprouvait le besoin de saisir, mais elle ne savait pas quoi au juste.

Puis, soudain, elle sut. Au moment où elle passait devant un chantier séparé de la rue par une palissade, elle se rendit compte que les ouvriers étaient encore là, travaillant dans le noir, à la création d'un nouvel hôtel de luxe, un de plus. Une grue immense illuminait le ciel, mais les ouvriers étaient tous réunis en un groupe compact, effectuant quelque activité manuelle. Ils avaient l'air de types d'Europe de l'Est, sans doute des Russes, pour la plupart assez âgés. Noa essaya de discerner leurs traits ; elle y lut l'épuisement, les sourires fatigués d'une bande de types qui ressemblaient à des universitaires en voyage d'étude sur le terrain. Elle prit une photo. Le flash attira leur attention. Elle leur fit un signe de la main, ils lui sourirent en réponse, et posèrent, en riant, pour un autre cliché.

Noa fut surprise de voir Marco à la plage le lendemain matin. Elle croyait qu'il avait renoncé à elle, raisonnablement, et s'était joint aux autres la veille au soir dans leur quête de compagnie féminine. Mais il s'avéra qu'il était simplement rentré chez lui, se coucher. Il dit : « J'étais fatigué, commé vous. »

Noa était au bord d'avouer qu'elle ne s'était pas réellement sentie fatiguée, mais plutôt un peu effrayée, elle se tut néanmoins. Elle avait passé une mauvaise nuit ; un coup de soleil sur le dos l'avait fait souffrir, particulièrement quand elle changeait de position, en plus un moustique l'avait empêchée de fermer l'œil en bourdonnant près de son visage pendant des heures. Elle choisit de s'asseoir à l'ombre ce matin, afin de réduire les dommages causés par le soleil de la veille. Marco vint s'installer à côté d'elle, comme un vieil ami.

« Jé aime beaucoup Israël, dit-il. Jé aime les gens, ils sont comme nous… directs.

– Mais vous ne trouvez pas que les Israéliens sont agressifs ?

– Non, ils né sont pas agressifs. Ils sont ouverts, ils disent cé qu'ils pensent. Comme les Italiens.

– Connaissez-vous des juifs italiens ? demanda Noa.

– Oui, et jé n'aime pas les juifs italiens. Jé aime les juifs israéliens, mais pas les juifs italiens. Ils sont très fermés, ils restent entre eux. »

Noa le dévisagea. Cet homme était capable de la charmer et de la rendre folle de rage dans le même temps. Elle s'apprêtait à lui servir une leçon sur les principes de base de l'antisémitisme, lorsqu'il la surprit à nouveau :

« Jé veux apprendre le cachère. Pouvez-vous mé expliquer la nourriture cachère ? » dit-il en prenant un papier et un crayon, prêt à noter.

Noa éclata de rire. « Vous vous fichez de moi ?

– Bien sûr qué non.

– D'accord. » Elle prit une profonde inspiration. « Il faut séparer la viande des laitages. On ne peut pas manger de porc, ni aucun animal si ce n'est pas un ruminant, et si son sabot n'est pas… vous savez, fendu. » Elle mima la rumination en essayant de mâcher comme une vache et utilisa ses doigts pour figurer le sabot fendu. Marco écrivait sous sa dictée.

« Bon, pas dé porc. D'accord. Et pour lé poisson ?

– La plupart des poissons sont autorisés, dit Noa,

sauf… attendez, écrivez : pas de fruits de mer. » Puis elle lui parla des mets neutres : « Le *Parve* peut s'accorder avec ce qu'on veut », et ajouta enfin : « Et la viande doit venir de chez un boucher cachère, parce que les bêtes doivent être tuées selon la loi juive.

– Qu'est-ce qué c'est un boucher ? demanda Marco.

– Ah… c'est celui qui vend la viande et qui tue les bêtes aussi.

– Oui, *macellaio* ! dit Marco d'un ton joyeux. Mon oncle est *macellaio* à Rome. Alors comment ils font les juifs pour tuer les animaux ? »

Noa sourit. « On doit pratiquer une incision, couper, à un endroit très précis, pour faire couler tout le sang. Il ne faut pas qu'il reste une goutte de sang.

– Pas une goutte dé sang ?

– Pas une goutte. »

Marco sembla étonné par ce détail, mais ne posa pas d'autres questions.

« Pourquoi voulez-vous savoir tout ça, vous voulez épouser une femme juive ?

– Oh, non, jé né veux pas mé marier avec personne. J'ai déjà été marié, ça mé suffit.

– Quel âge avez-vous ?

– Jé suis plus vieux qué vous. »

Elle rit. « C'est impossible, parce que j'ai quarante-deux ans. »

Marco sourit : « Et moi j'ai trente-cinq ans, et jé suis plus vieux qué vous.

– Vous n'êtes pas très bon en maths, dit Noa.

– Jé suis très bon en maths, croyez-moi. »

C'était donc un compliment, à l'italienne, pensa-t-elle. Il lui plaisait décidément beaucoup. Elle se rendit soudain compte que la plage était aussi peuplée que d'habitude, mais qu'elle n'y prêtait pas la moindre attention. Elle négligeait d'écouter le rythme des vagues, les rires cacophoniques des Françaises ; elle en oubliait même de comparer les seins des autres femmes aux siens.

« Alors qu'est-ce qué jé pourrais vous préparer, et qué cé soit cachère ? demanda-t-il.

– Oh, vous pouvez préparer ce que vous voulez. Je ne mange pas cachère. Vous faites bien la cuisine ?

– Très, très bien, déclara Marco. Vous aimez l'agneau ? Jé vous ferai dé l'agneau avec *rosmarino*, ail, patates et vin blanc. »

Noa s'imagina le dîner chez Marco. Il la séduirait, avec assurance, en lui servant un repas parfait, sans jamais la toucher. De son côté, elle ne parlerait pas de Mussolini…

« Pourquoi les juifs ils prient comme dé ânes ? »

Pour le coup, elle était tout ouïe. Qu'est-ce qu'il raconte, comme des ânes ?

« Vous savez, ils rémuent, comme ça, en avant et en arrière, et ils font un bruit… c'est bizarre.

– Je peux vous poser une question ? dit Noa.

– Bien sûr.

– Trouvez-vous les cloches d'église bizarres ? Trouvez-vous que se mettre à genoux pour prier est bizarre ? Et vous ne trouvez pas que manger le corps du Christ et boire son sang est vraiment une drôle d'idée ?

– Né m'attaquez pas, dit Marco, avec douceur. Si vous mé attaquez, jé né peux pas parler avec vous.

– Très bien, dit Noa. Ce que je veux dire, c'est que vous avez vos traditions et nous avons les nôtres. Vous n'avez pas besoin de les comprendre, il vous suffit de les respecter. Vous êtes ici pour maintenir la paix, n'est-ce pas ? »

Marco éclata de rire. Lorsqu'il riait, ses dents blanches avaient l'air presque appétissantes, et Noa se sentit de nouveau en sécurité.

« Venez à Jérusalem avec moi, dit-il.

– Je déteste Jérusalem.

– Alors venez à Tel-Aviv.

– Je rentre demain à Londres, dit Noa.

– Et quand vous revenez ?

– Je ne sais pas. Ça me prendra peut-être dix ans, dit-elle, mais elle savait que ce n'était pas vrai.

– Jé vais aller manger une salade mixte par là-bas. Vous voulez venir ?

– Non, merci, dit Noa. J'ai emporté un sandwich, et je voudrais dormir un peu. » À présent, elle était vraiment très fatiguée.

Dès qu'il eut disparu, elle mourut d'envie qu'il revienne. C'était complètement fou. Elle avait choisi Eilat pour avoir la paix, pour dessiner, pour réfléchir, pour décider ce qu'elle voulait qu'il arrive dans les vingt prochaines années de sa vie. Au lieu de ça, elle n'avait rien trouvé de mieux que de flancher pour un policier des Nations unies italien, modérément attirant, dont le cœur était probablement au bon endroit, mais dont les opinions entraient en violente contradiction avec tout ce en quoi elle croyait. Mais, le voilà qui revenait, et elle était heureuse. Bon sang.

« J'ai une question test pour vous, dit-elle. La girafe est-elle cachère ? »

Marco plissa le front, consulta ses notes, fit quelques calculs sur ses doigts. « Oui, dit-il finalement. Parce qué elle a – comment dites-vous ? – les sabots qui sont fendus ? Et elle mâche commé une vache. C'est bon ? » Il était content de lui.

« Pas vraiment, dit Noa, triomphante. Vous avez raison, elle est cachère, mais nous n'avons pas le droit de la tuer, parce que nous ne savons pas où couper. Le cou est trop long. Vous voyez comme c'est compliqué d'être juif ?

– Ça c'est incroyable, dit-il en riant. Et moi aussi j'ai une question pour vous. Est-ce qué lé chameau est cachère ? »

Noa allait répondre lorsqu'elle se rendit compte qu'elle ne savait pas.

À présent, c'était au tour de Marco de se sentir victorieux. « Vous né savez pas ! Vous savez tout, mais vous né savez pas si le chameau est cachère ! » Cette révélation le mit de si bonne humeur qu'il souleva Noa dans ses bras et la porta jusqu'au bord de l'eau, menaçant de l'y jeter. Noa hurla de rire, parvint à se libérer en se tortillant et courut s'y plonger de sa propre initiative. Marco la suivit et elle ne résista pas quand il la toucha sous l'eau, à l'abri des regards. Le sexe sous-marin n'était pas vraiment du sexe, décida Noa, en laissant se passer des choses qu'elle n'aurait pas considérées acceptables s'ils s'étaient trouvés sur la terre ferme.

Tandis qu'ils nageaient vers le rivage, lentement, Marco reprit son inépuisable quête de la sagesse juive. « Alors quand est-ce qué Jésus il va venir, pour vous, les juifs ? » demanda-t-il entre deux brasses vigoureuses.

Noa s'arrêta entre deux battements de crawl et lui fit face. « Comment ça, Jésus ? Jésus est votre Dieu, pas le nôtre. Il ne compte pas pour nous. Ce n'est qu'un juif parmi d'autres, qui a eu quelques bonnes idées, à la limite, mais rien de plus.

– Alors pourquoi vous l'avez tué ? » lui demanda Marco, avec un gentil sourire. Ils étaient debout dans l'eau peu profonde, deux corps luisants et avides sur un fond de coucher de soleil rouge sang. Noa sentit un frisson violent lui parcourir l'échine, comme un choc électrique se propageant des pieds à la tête.

« Pardon ? » dit-elle calmement. Puis elle hurla presque : « Nous ne l'avons pas crucifié. C'est vous qui avez fait ça, mon cher ! Vous, les Romains ! Et vous avez aussi détruit notre Temple et tout le reste. » Tout le monde la regardait, même le couple de Russes silencieux, mais elle s'en fichait. Au bout de deux mille ans, elle avait enfin l'occasion de dire à un soldat romain d'aller se faire foutre !!

« Ma cé n'est pas cé qui est écrit dans la Bible... », marmonna Marco, mais Noa ne l'écoutait pas.

Elle courut vers sa chaise longue et, sans prendre la peine de se sécher, se mit à dessiner un chameau lançant une œillade à une girafe sexy aux jambes interminables. Elle se souvint tout à coup que le chameau n'était absolument pas cachère. Elle voulut le dire à Marco, mais il était toujours planté dans la mer Rouge, l'air ahuri.

Table

S.N. FIRMIN-DIDOT AU MESNIL-SUR-L'ESTRÉE
DÉPÔT LÉGAL: AVRIL 2002. N° 332 (58806)